文春文庫

お父さん大好き

山崎ナオコーラ

文藝春秋

目次

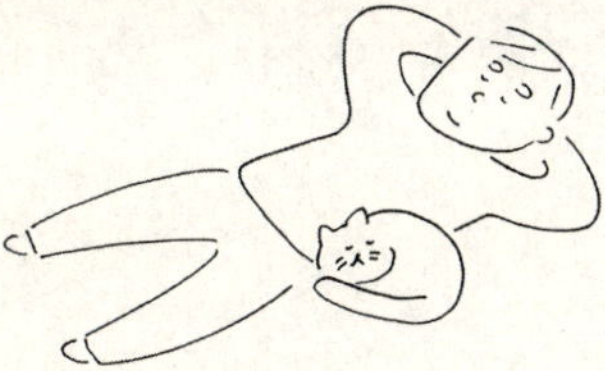

お父さん大好き

手

四半世紀も私にくっ付いたまま離れない指が、今日もキーボードを叩いていた。

私は配信会社で、新聞のラテ欄を作る仕事をしている。テレビ局の広報部の人が送ってくる原稿をチェックして、「この表記は新聞では使えません」だの「文字数オーバーなので削ってください」だのと言っては文章を出し直してもらい、新聞社へ配信していく。作業の多くは、黙々とパソコンに向かって文章を打ち込む、という地味なものだ。

「これ、あげる」

夜十一時、残業している私のところへ、森さんがやってくる。同じ班の人たちは皆、帰ってしまったあとで、十個の机がある島の中にぽつんと座り、自分の世界に沈んで、指の音だけを聴いてタイピングしていた私は、男の人の声に体がハッとした。

「あ」

と振り返る。

「なんで、そんなにびくりとするの？」

ブルーグレーのネクタイを締めている森さんが、私の椅子の背もたれをつかんでいる。

「急に声をかけるから」

少し首をかしげて答えると、

「オレも残業してた」

にやにやと「仲間だ」という風な顔をする。

「おつかれ様です」

「コンビニでこれ、買ってきた」

「なんですか？」

「豆。年の数」

森さんが、鬼のイラストがプリントされたビニールパックを差し出してくる。二十センチ四方の、赤い袋。

「ありがとうございます」

「座っちゃおう」

隣りの椅子を勝手に引いて、でも遠慮しているのか、座布団の端に尻を引っ掛けるだけにして、豆の袋をパンと開けてくれた。

「はい。ありがとうございます」

ティッシュを敷いてその上に、私は二十五粒を取り出した。

「オレも食べよう」

森さんは私よりも二粒多く食べる。

「ぎりぎりですね。節分の日」

十階にあるこのフロアには、昼間は百五十人くらいの社員がうようよいるのだが、今は二十人ほどしか見えない。

「そうだね。あと一時間でアウトだったね」

森さんは雑誌の部署にいるので、私とは違う仕事をしているのだが、同じテレビ局の広報の人と遣り取りをし合う関係で、情報を共有するために、毎日お互いの席を行き来している。私が質問をしに森さんの席へ向かって歩いていくとすぐに気がついて、「来たな」という顔をしながら膝《ひざ》に両手を置いて待つ。話しかけるととても嬉しそうにして、こちらに耳を向ける。私は森さんのことが好きだ。気にかけてくれて、からかってくれて、可愛《かわい》がってくれるから。

「健康になれますかね」

豆をこりこりと嚙む。薄皮が歯に引っかかる。

「なれるよ」

森さんは、宙を見つめたまま、無心に豆を口へ放り続けていく。

「森さん、今日、なんでスーツなんですか?」

私は聞いてみた。

「かっこいい?」

「は?」

この会社の社員は、普段はカジュアルな格好で出社する。スーツは、何かがあるときだけの装《よそお》いだ。

「似合ってる?」

「かっこいいです」

「実は、オレ、今日、遅刻してきたんだ。午前中にさ、他の会社の面接を受けてきたんだ。……でも、これ、内緒ね?」

森さんは声をひそめながら、ふざけた顔で、指を口元に当てる。

「え?」

「三月で辞めるんだ、オレ。まだ、皆に言ってないけど」

「そうなんですか」

私は表情を変えずに、頷《うなず》いた。

「今、なんの本、読んでるの?」

森さんは気まずくなったのか、別の質問を投げてよこす。会話に行き詰まると、いつも本のことを聞こうとする。私が、他の社員と交わらないで、ひとりで本を広げていることが多いから、森さんは私のことを読書家だと思っている。しかし、実際のところは、書物は他人から声をかけられないための、防御壁にすぎないのだ。

「金子光晴《みつはる》です」

著者名を答えた。

「また？」

前に同じ質問をされたときも、私は金子光晴を読んでいた。

「この頃、金子に夢中なんです」

「なんか、嫉妬してきた」

「嫉妬しますか？」

「うん」

「金子に？」

「そう」

二十七粒食べ終わると、森さんは何も言わずに立ち上がり、ふいっと自分の席へ戻ってしまった。また私は、黙ってタイピングを続けた。キーボードの上で、爪が踊る。手が小さくて、指の形が良いのだけは自慢だ。ジェルネイルという装飾をネイルサロンで施《ほどこ》してもらっているから、オフィスの蛍光灯を受けて、塗り込められたホログラムが貝の裏側の色に、光る。今日のノルマをこなしたあと、退社した。

ピンクのかぎ針編みマフラーをなびかせて、新橋駅まで走る。京浜東北線《けいひんとうほくせん》一本で北浦和駅が最寄りの、私の家に帰ることができる。終電の二つ前の電車に間に合いそうだ。十二時。プラットホームで電車を待ちながら、私はケータイを取り出して、保存している画像を順繰《じゅんぐ》りに見ていった。喫煙者が一服するように、画像依存者は仕事あがりにケータイを触る。

滑り込んできた青い電車に乗る。空《す》いている時間帯の電車でなら、車内でもケータイをいじくるところなのだが、今日は満員で、頰を見知らぬ男の背中に付けねばならないほどだから断念し、頭の中だけで幻影を膨《ふく》らませる。

お母さんとお父さんと妹を起こさないように、そっと玄関を開け、リビングへ入った。私は自分専用のパソコンを持っていないので、居間に置いてあるお父さんの仕事用パソコンを、勝手に借りる。

ケータイとパソコンをコードで繫《つな》ぐ。ケータイに入れている画像をパソコンへ移すのだ。

そこにドアが開く音がしたので、振り返ると、

「まだ起きてるの？」

お父さんが立っていた。身長百六十五センチ、九割方白髪の七三分け、上下スウェッ

ト。丸首のシャツには、四方に切り込みが入っている。首が太くて短いお父さんは、丸首の服が嫌いだ。タートルネックなんてもってのほか。Vネックが一番。しかし、このスウェットはお母さんがイトーヨーカドーで勝手に買ってきた丸首なので、お父さんは自分でハサミを使って切り込みを入れたのだった。だから、首回りがほつれていた。

私は即座にマウスを動かし、ウィンドウを縮小した。

「ちょっと、やることがあったから。でも、もう寝る」

澄ました顔で答えた。

「早く寝なよ」

お父さんはそう言い捨てて、隣りにある自分の寝室へ戻っていった。私は画面上のいくつかの画像を補正して、パソコン本体には残らないようにUSBメモリに保存すると、電源を落とした。USBメモリを握りしめて階段を上がり、二階にある自分の部屋へ行った。

ベッドに寝転び、肘《ひじ》を支点にして、手首と指の力を抜き、ぷらぷら腕を揺らしてみる。妹が生まれる前には、お父さんはやたらと私を可愛がっていて、「もしも死んだって、そのあともずっと、腕だけ持って揺らす」と言っていた。それは、「死んだらお父さんは寂しくなってしまうから、死体の一部を残しておいて可愛がるつもり」という意味だった。死んだあとに、私の手だけが残り、それが箪笥《たんす》の引き出しに仕舞われる。たまに取り出して、手だけ可愛がってもらえるのなら、嬉しい、そう思っていた。

だが、妹が生まれてから、お父さんと私の間は冷え切った。私の七歳下の妹は明るく元気な女の子で、今もお父さんと仲睦《なかむつ》まじい。世間でよくあるように、愛情は、広がるのではなく、移行したのだ。

現在、暗い女に成長した私は、お父さんと、「まだ寝ないの?」「もう寝る」「メシ食った?」「食べてきた」、あるいは時事問題に対する意見を言い合うような会話しか、交わさない。

その上、このところ耳が遠くなってきたお父さんには、私が何を言っても響かない。私は自分の手を布団に仕舞い、明日に備えて目を瞑《つむ》った。手は今や、愛撫を待っていない。可愛く見せかけておいて、近寄ってきた奴を、逆にこちらが撫でてやろうと企み始めている。


朝は十時半に行けば良かった。日本のサラリーマンの平均的な出社時間よりも大分遅い。しかし、私はしばしばそれに間に合わなかった。

遅刻して出社すると、机の上で、プリントがひらひらと待っている。赤いペンによる神経質な文字の書き込みがある。昨日の残業で私がこなした仕事に、たくさんのミスが発見されているのだった。もはや私は自責の念を感じなくなっていて、それを機械的に直したあと、大河内《おおこうち》さんのところへ持っていき、謝った。

上司の大河内さんは五十八歳で、髪が薄い。小柄で、身長は百六十センチほど。銀縁の眼鏡をかけている。焦げ茶色の、ぶかぶかのスーツを着ている。骨ばった指をしている。

「寅井《とらい》さんみたいな人は初めて見ましたよ」

と穏やかに笑う。私が仕事を覚えないということは、周知の事実だった。

「ごめんなさい」

「もう入社して随分になるのにね」

「はい」

私は、この間、大河内さんとデートをした。デートというのは、意外と簡単にできるものだ。

二週間前、二人で池袋の東京芸術劇場へコンサートを聴きにいった。クラシック。私はしかつめらしく、バイオリニストの二の腕がぷるぷるしているところをじっと見ていた。心の内では、ずっと笑っていた。

大河内さんは、私のことを「可愛い」と言う。自分は自身の見た目に全く気を遣っていなくて、でか過ぎるスーツを着て、長過ぎるストラップの肩掛けカバンを持って、ハゲの上に伸ばした髪を載せているのに、女の見た目に対しては評価する基準を持っていて、それに関して「他の男とは違う、女を見る独自のセンス」「いわゆる美人とは違う女の良さを、わかっている自分」というものがあると信じ切っている。おじさんという人種の持つ図太い精神に、私は圧倒される。

私は十代後半の頃から、いつだって年上の男友だちがいた。性交はしないけれどデートはする、ということをしてきた。

公園での散歩中に出会ったり、友だちの知り合いを紹介してもらったりして、男の人と出会える。よく目を合わせるようにして、にこにこしながら相手の話を聞いて、それから、「私、こういうごはんが好きなんです」だの「私、ああいう音楽に興味あるんです」だのと言えば大抵、そのあとどこかへ行くことになる。私は、自分の若いうちに、たくさんの男から話を聞きたかった。どんな男でもよくて、だけどできたら、おじさんが良かった。

「ちゃんと聞いてますか？　寅井さん。今度からでいいので、気をつけてくださいね」

大河内さんはおそらく、部下を叱るのが苦手だ。

「気をつけます。申し訳ありません」

私は、大河内さんのハゲかかった頭に向かって、頭を下げた。

「できないことを、やれとは言っていませんから。そのことを怒ってるんじゃないんです」

「はい」

再びお辞儀をして、大河内さんの机から離れた。私には大河内さんが何に怒っているのかはわからなかった。わからなくても、「はい」とにっこり、口角を上げるのは得意だ。

笑顔を作ると、受けが良い。「美人じゃなくても、笑っていれば可愛いんだ」と昔、お父さんが言っていた。「女は笑っていれば良い」と。そこで私は、外界に対していつも微笑み、心の中では恒常的にムスッとしている。私は思う。「女に『笑え』と言う前に、自分が笑えよ」。そういうわけで、私はおじさんの笑顔の写真を収集しているのだった。

席に戻り、大河内さんの顔を思い出しながら、タイピングの作業を続ける。人よりも作業に時間がかかるので、私はたびたび残業することになる。

机で仕事をしながら、昼にコンビニのサンドウィッチをかじり、夜にカップラーメンをすする。

やる気が皆無なので、屈辱も何も感じない。自分の時間が削られるということには、若さの無駄遣いをしているというもったいなさが伴うのだが、給料がなくては生活できないし、会社員をしていなければ家族に対して体裁が悪いので、辞めることはできない。

諦《あきら》めるのが一番だ。辛い辛いと考えて心を費やすと、余計に脳の分量を取られるから、社内にいる間は頭をオフにして焦らずのんびり作業をし、社外へ走り出た途端に個人的な思考を発動させる。

私は薄笑いを張り付けて、カチカチとキーボードを叩き続けた。

夜中に作業をしていると、いろいろな人がお菓子などの施し物をくれる。

今夜は大河内さんが、アイスを買ってきてくれた。

「冬のアイスクリームって、僕、好きなんですよ」

と私にストロベリー味をくれる。大河内さんは、自分用のヘーゼルナッツ味を持っていて、それは自分の席で食べたいらしく、行ってしまう。私はひとりでそっと、カップを手に抱く。

ストロベリー味を買ってくれたということは、「苺味には失敗がない」という私の科白《せりふ》を、大河内さんがきちんと覚えていてくれたのかもしれなかった。お菓子を選ぶときに私は、チョコやプレーンや抹茶ではなく、常に苺を指すことにしているのだが、それは、「そうすると可愛らしく見られそうだから」という理由もあったが、実際の経験則としても、苺味にはハズレがないからだ。

アイスクリームの紙カップの周りには霜がみっしりと生えていて、カップの存在感が膨らんでいる。触ると、私の手の熱さのせいですぐに霜が溶け、カップは小さくなる。内蓋《うちぶた》を剝《は》いで、そこに付いているクリームを舌で舐《な》め取る。ストロベリー味は、現実の苺とは似ても似つかないものだが、日本人が共通して持っている「お菓子の苺味」という感覚の、明るく薄っぺらい風味がして、頭を撫でられている気分になる。

食べ終わってから、カップを握り潰した。指にピンク色のものがどろりと付く。給湯室へ行って、もっと滅茶苦茶に潰してから、ゴミ箱に投げつけた。

さいたま市立病院で妹が生まれたときに、お父さんが、

「こないだ、ニュースで、『お姉ちゃんが、赤ちゃんを人形と思って投げ飛ばして死なせた』ってのがあったけど、サワちゃんは、リカちゃんを人形と間違えないようにね」

と私に向かって真剣に注意してきた。サワちゃんというのは私のことで、リカちゃんというのは妹のことを指していた。お父さんは、私のことを「お姉ちゃん」と呼ぶ気満々だったのだが、私が「私は『お父さんのお姉ちゃん』ではない」としつこく訴えたので、結局は、「サワちゃん」という呼び名が保たれた。

お父さんからその忠告を受けた私は、はげしい屈辱を感じた。お父さんには私が、赤ちゃんを投げるような人間に見えているのだ。

とはいえ、そういう風に言われてみると、常に気を引き締めてでもいないかぎり、いつか妹を無意識に殺してしまう自分のようにも思えたものだ。

産室から出てきたときの妹は、くしゃくしゃな顔をしており、全く、見られたものではなかった。赤ん坊が可愛く見えるのは親に特別なホルモンが出ているせいであるらしいが、だったら姉の脳にもそのホルモンを出して欲しい。私には妹が、猿としか見えなかったのだから。

自分はいつか、誰かを殺すような気がする。皆から「可愛い」と言われている人を。そうすると周囲の人たちはきっと、「嫉妬したんだね」と噂することだろう。

三月に入って、朝、会社の廊下で、すれ違い様に、

「アウト」

と森さんから言われた。私はまた遅刻して出社したのだった。

「ごめんなさい」

私は謝りながら、廊下の壁に備え付けられているタイムカードを押した。十時五十九分だった。

「あーあ」

「まあ、でも、三十分以内の遅刻です」

「毎日毎日重役出勤。普通の会社だったら、ありえないよ。即行クビになってるよ」

「この会社の人たちは、森さんを始めとしてジェントルな方ばかりですから、細かいこ

とに目くじらを立てないんですね。あったかいですね。良かったです。ありがたいことです」

私が適当に取りつくろうと、

「今日はいそがしいの？」

と森さんが話を変えた。

「暇ですよ」

と答えた。昼ごはんか、お酒の誘いかな、と予想したのに、

「あ、そう」

もごもご言うと、森さんは行ってしまった。

またしばらくして、昼前、私の席の隣りへやってきて顔を見たので、私も森さんの顔を見返し、五秒ほど見つめ合った。しかし、やはり何も言わないままで森さんは、くるっと自分の席へ戻ってしまった。

夕方、コピー機でコピーを取っていると、

「今日は何時に終わるの？」

後ろから聞く。

「八時くらいじゃないですかね」

コピー用紙を揃えながら振り返ったら、

「じゃあさ……」

とロごもる。

「飲みに行きます？」

私が聞くと、

「うん」

森さんが元気良く頷く。

「行きますよ」

「うん」

前々から、今度飲もう、と言い合いつつ、一緒に飲んだことは、まだなかったのだった。

その日の夜、八時過ぎ、私の席の周りを、森さんがうろうろし始めた。

「あと、五分で出られます」

こそっと伝えてから、急いで残りの仕事を片付け、コートを取って立ち上がると、森さんも私について出てきて、エレベーター乗り場で一緒になった。

「どこに行きましょうか？」

パスタ屋でピザを食べて、そのあとバーに行きカクテルを飲んだ。

新橋駅前のSL広場で、

「手、繋ぐ？」

と聞くので、

「いいですよ」

と軽い気持ちで相手の手の中へ自分の手を滑らせると、

「こっち向きがいい」

と言って、森さんは逆向きに握り直した。カサカサした、温かい手だった。指と指を互い違いに絡ませて「恋人繋ぎ」にした。広場を二周したあと、駅へ向かう。自動改札を通るために手を離し、ホームへのエスカレーターの下で、

「じゃあ」

と言うと、

「うん」

と今度は握手しようという風に手を出してくるので、軽く握り返して別れた。

電車を待ちながら、「今日は面白かったです。ありがとうございました」と、プラットホームからメールを送れば、「こちらこそ。仲良くなり過ぎて怖いくらいさ」と、すぐに返ってきた。女の子慣れしているな、と思った。

真面目な男と「おつき合い」をしたい、と考えている人にとっては、関わらない方が

いい種類の男だろうが、私は違う。私にとっては、こういう男は意味があるというか、助かるというか、ありがたい。私にはパートナーは不用だ。それよりも、この世の仕組みを知りたい。学びのチャンスをくれる男には、いくらでもいて欲しいのだ。

金曜日の終電間際の京浜東北線は、ものすごい混みようで、私の背丈からの視界は、背中や胸に阻《はば》まれる。他人から他人へ繋がる、背広の稜線《りょうせん》。おじさんのだぶついた首筋、擦れてつるつるの袖口、細胞の形に垢《あか》が浮いた手首、指毛に絡まる結婚指輪。


私はおじさんが大好きだ。プライベートで、おじさんをフィーチャーしたホームページを作っているくらいなのだ。

タイトルは「ハッピーおじさんコレクション」というもので、制作、運営、デザイン、管理、全てをひとりでやっている。

三年前に作った当初は、おじさんたちの笑顔を収集する、という目的だったのだが、だんだんとコンテンツが増えて、笑顔だけでなく、日常のふとした仕草、疲れた後姿、煙草の吸殻、といった画像も載せるようになり、幅が広がってきた。

手や足の指毛。血管の浮き出る皮膚。深爪《ふかづめ》。

ケータイで写真を撮っては、ウェブにアップしていく。

ブログは三日に一度の更新。画像の横に、文章も載せる。

しかし、「ハッピーおじさんコレクション」は他のホームページにリンクを張って繋ぐようなことはしない。インターネット上を漂う孤独なサイトだ。友人にも誰にも教えていないので、閲覧者は通りすがりの人のみだ。

知らない人たちが、私の撮ったおじさんを楽しんでいる。その人は、私のような女なのか、はたまた、おじさんなのか、わからない。

カウンターを付けているので、何人の人がこのページを開いているのかだけは把握している。平均すると、一日に六、七人程度だ。

森さんはまだおじさんではないので、写真は撮らなかった。電車内で盗撮したおじさんの姿を、ブログに載せた。

次の日からも、森さんとは同じ風に仕事をした。互いの席を行き来し、記事の打ち合わせをし、冗談を言い合って、また各々の業務に戻る。

あるとき、大河内さんが、

「森さんと、いつも楽しげに喋ってるね」

と声をかけてきた。

「普通ですが」

私は答えたが、

「やっぱり、同世代同士のときは、寅井さんもはしゃいで喋るんだね」

大河内さんは言った。

私たちのコミュニケーションが、遠くの席の人からは、じゃれ合いに見える。


三月の終わりに、送別会が開かれた。十五人ほどが集まった。森さんは皆から図書カードと花束をもらっていた。

居酒屋で、私は森さんの斜め向かいに陣取ることができた。掘り炬燵《ごたつ》のような造りになっていたので、ときどき皆から見えないようにテーブルの下で足を蹴り合って遊んだ。

他の人に向かって、

「寅井さんは友だちがいなくて、いつもひとりでふらふらしてるから、オレが声をかけてあげてたんだ」

などと、私と仲が良い理由を説明していた。でも、腹は立たなかった。

夜通し酒を飲んで、他の人たちが帰ってしまい、運良く森さんと二人になれたから、朝の五時に新橋の街を散歩した。小さな公園があったので、その中へ入った。木製の、アスレチック用の遊具に、私は腰をかけ、足をぶらぶらさせた。

「オレぐるぐるしていい?」

と森さんが言うので、

「はい」

と適当に頷くと、森さんは園内をひとりでぐるぐる歩き始めた。私は黙ってそれを五分ほど眺めていたのだが、いつまで経っても立ち止まりそうにないので、

「ここに座ってください」

自分の隣りをポンと叩いた。すると、

「ちょっと待ってね」

そう言って森さんは、歩き回るのをやめて、水飲み場に行ってうがいをしてから戻ってくると、

「オレうがいだから」

おかしな日本語を喋って、やっと私の隣りにピョンと座った。そして私の手を取って、

「なんだか、離れがたくなっちゃったね」

と目を伏せる。

「はい」

私は頷いた。

徹夜明けでとても疲れていて動く気がしないし、もう会えないと思うと悲しいしで、この場をどうやったら帰りたくなるような雰囲気に持っていけるのか、わからない。キスをして帰るぐらいしかないような気がする。

でも、顔を見ると、また冗談を言い合ってしまって、そんな空気にはならない。キスまでは遠い道のりに思えた。

私の肩に手を回して、

「あったかい？」

と聞く。足をバタバタさせているので、森さんは寒いようだ。潮時かな、立ち上がろうかな、と思いつつも結局、私は森さんの肩に自分の頭を付けてみた。

空は白み始めた。夜が明けるのだ。

とても長かった。星が見えるほどの暗さから、周囲の何もかもがすっかり見えるほどの明るさに変わっていった。キスをするまで、二時間もの時間を費やして、二人で座っていた。

森さんは冗談をぽつぽつ言い、私の髪の近くに顔を持ってきて、

「香水付けてる？」

と聞く。

「付けてないです」

「じゃ、寅井さんのもともとの匂いだね」

「そうですか？」

「いい匂いがする。アイロンし立てのシャツみたいな」

まるで恋人同士のようにくっ付いている。

「ありがとうございます」

「オレは、これから寅井サワコにキスしようと考えています。どう思う？」

「いいと思います」

私がそう言うと、森さんはオデコに口を付けた。それから頬、そのあと唇に近づきつつも一分くらい躊躇《ちゅうちょ》していたので、私からした。そしてゆっくりと動かした。急に可笑《おか》しくなって、私は顔を下げた。森さんも私の仕草を見て笑うので、それから二人で目を合わせ、抱き合ったり、首にキスし合ったりした。森さんは、

「可愛いね、顔」

と嘘か本当かよくわからないことを言っていた。そしてポンと跳び下り、私の手を取る。私にも立って欲しいのかな、と下りて立つと、ギュッと抱きしめられて、今度はハードなキスになった。潮時だ、もう帰らなくちゃ、と思って私が手提げを取って歩き出すと、森さんも自分のカバンを持って追いかけてきた。

駅に着いてから、

「本当は、オレのうちに連れて帰りたいけど、駄目だよね。……じゃ、またメールするね」

森さんがもそもそと喋る。

「私も送ります」

「うん」

顔を見ると、森さんはクマのある下瞼《したまぶた》になっていたので、私は恥ずかしくなって俯《うつむ》いた。

逆方向の京浜東北線に二人は乗るのだが、ホームは別なので、エスカレーターの下で別れる。森さんは別れ際に、もう一回キスした。

「じゃあね」

「はい」

口が離れた途端、二人、走るようにそれぞれのエスカレーターに向かった。

上がり切ったあと、対岸のホームから森さんが手を振ってきた。


四月に入ってから、森さんと性交をした。食事をしたあと、森さんのアパートへ行って。夜に一回して、朝に起きてからもう一回。森さんの性器が大き過ぎて、なかなか上手く入らなかったので、私が少し腰を浮かして、森さんが私を抱え上げるようにして、角度を作って入れた。この体位を、森さんはその後、「オレたちが見つけ出した体位」と呼ぶようになった。

私には特定のパートナーがいないから、誰と何をしても、誰のことも傷つけない。しかし、どうやら森さんにはいるらしい。夜中、森さんがシャワーを浴びているとき、机の上に置きっ放しだった、五センチ四方ほどの、ピンク色をしたグリーティングカードを見つけた。「もりっちへ　これからもよろしく♡」と書いてあった。彼女からのプレゼントに添えられていたものなのだろう。もりっちなどと呼ばれているのか、変な人。浴室から出てきた森さんに私は何も聞かなかったが、しばらくお喋りしたあとに森さんは机の上に気がついたらしく、そのカードを、隠すようにしながらゴミ箱へサッと捨ててしまった。その「捨てる」という行為を、私への優しさのように捉えてしまう自分がいた。

朝になり、森さんのアパートの最寄駅である大森から京浜東北線に乗って、新橋の会社へ移動する。

車内を見渡すと、男がたくさんいた。そうだ。男というものは皆、繋がっている。ひとりの男は全ての男、全ての男はひとりの男だ。男とは、長い長い道だ。

五月のはじめに、大河内さんと、代々木公園を散歩した。

大河内さんから「散歩しませんか?」というストレートなメールが届いたので、私も「します」と、短く返信したのだった。歩いていてふいに、四つ葉のクローバーを発見した。摘んで、

「見てください」

私が得意気にすると、

「あ、幸せになれますよ」

大河内さんが笑った。

「じゃ、大河内さんにあげます」

と相手の手に葉を握らせると、

「ありがとう。代わりにこれあげる」

と蛇苺をくれた。汚い、と思ったが、

「食べます」

と言って、私は口に放った。薄い味だった。まさか食べるとは、というギョッとした顔で大河内さんは私を見た。

互いに散歩に飽きて、空が橙《だいだい》色と群青《ぐんじょう》色の層になり始めると、二人は和食の店に入った。刺身や厚焼き玉子など、おいしかった。日本酒を飲む。

「また、二人でいろいろ出かけましょうね」

「出かけます」

「音楽って、何度も反復があるでしょう？　記憶があるから、もう一回同じメロディが起こると、感動するんですよ。寅井さんと僕も、昨日会って今日も会ったから嬉しいでしょう？　一ヶ月会わなかったら顔も忘れちゃうでしょう？　でも会うと思い出す。だから、何度も会いましょう」

「はい」

大河内さんと一緒にいると、得るものがたくさんある。世代の違う話題、知らない文化、私というくだらない人間を可愛いがってくれるということ、いろいろ。ともかくも好奇心を刺激してくれるので、会うのを断る気にならない。

しかし、ホテルに入るほどの気持ちには、到底なれそうになかった。恋ってなんなのだろう。

「大河内さんには、奥様がいらっしゃいますよね？」

厚焼き玉子の上に大根おろしを延ばしながら、私は聞いてみた。

「います。寅井さんは？」

鰯《いわし》の刺身をひらりと醬油に付ける。

「いません」

「だったら、寅井さんに男の人が現れるまでの間、ときどきお喋りしましょう」

大河内さんは言った。

「大河内さんは、おうちはどこなんですか？」

私は質問を続けた。

「千葉」

大河内さんはシンプルに返してきた。

「一軒家ですか？」

「そう。でもね、もう娘も息子も巣立っちゃって、寂しいんです。僕は、向こうの人とはもう、部屋も別々だし、ごはんもほとんど一緒に食べないし、もう二十年も一緒に寝てないですから」

向こうの人というのは、奥さんのことを指している。寝室の話を他人にしてもオーケーという感覚であるようだ。

「へえ」

「向こうの人は、僕と、ほとんど口を利《き》いてくれないんです」

「娘さんと息子さんは？」

「大人になっちゃったから。寅井さんより年上だなあ」

「ふうん」

「僕は、休日はひとりで日曜大工をやってるんです」

「今どき、そんな趣味？」

「楽しいんですよ。いろいろ工夫して。木を切ったり、ペンキ塗ったり」

「ほほう」

「こないだ、郵便受け作った」

「えー、見たい」

「見ますか？　ちょっと待ってね」

大河内さんはケータイを取り出して、ボタンをいじくってから、私に差し出してきた。ケータイを受け取って、画面を見ると、鴨の形をした郵便受けが写っていた。こういう、変に気合いの入った郵便受けを付けている家って、ときどき見かけるけど……、と呆《あき》れながらも、

「すごーい。これ、本当に自分で作ったんですか？」

と私は言った。

「うん。僕はなんでも作るよ。欲しいものがあったら、言ってくださいね。なんでも作ってあげますから」

大河内さんは得意気だ。

「はい」

私はにっこりして、ケータイを返した。

「ね、写真を撮っていい？」

大河内さんがケータイをカメラモードにして、私に向けてきたので、

「私、写真、苦手なんです」

ぷいと横を向いた。

「駄目なの？　可愛いのに」

大河内さんはケータイを仕舞ってくれた。

「あの、では、私が撮ってもいいですか？」

私は自分のケータイを取り出して、カメラを大河内さんに向けた。

「え？　僕なんて撮って、どうすんの？」

「いいですか？」

「いいですよ」

そこで私は、大河内さんの写メを撮った。「ハッピーおじさんコレクション」の画像が、またひとつ増えた。ほくそ笑みながら、

「かっこいいですねー」

と私が言うと、

「何言ってやがる」

と大河内さんは照れた。

五月の終わりに、森さんから、「就職先がやっと決まった」というメールが届いたので、お祝いをしようと、二人でイタリアンレストランに行った。

鯵《あじ》のマリネだの鯛《たい》のカルパッチョだのしらすのピザだのを食べた。

指相撲や手相の見合いなど、テーブルの上で手遊びをしながら、酒を飲んだ。

「今日、このあと、うちに泊まりに来る？　お願い泊まりに来て」

可愛ぶって体を傾け、森さんは祈る仕草で手を組んで見せた。


森さんのアパートで、また飲み直した。セブンイレブンで酒と野菜スティックを買っていった。森さんはTシャツと短パンに着替えて、私も森さんのTシャツと短パンを借りたので、二人、同じような格好になった。森さんは缶ビールを、二つのグラスに注ぎ分けた。

「森さんは将来ハゲないんですか？」

私はそれをひと口飲んでから、尋ねてみた。

「え？　だって、そりゃあ、今だって、もう……。でも、平気だよ」

今のところは、ふさふさであるように見えるのだが、男というのは若いときから、ハゲることを心配している生き物である。

「もしもハゲたら、カツラをかぶりますか？」

「かぶらないよ。別に気にしない」

「なんでですか？　かっこいいからですか？」

よ。だから平気だよ」

「それもあるけど……。こうして寅井さんみたいに、オレを慕《した》ってくれる人がいるでし

「ハゲても、かっこいいと思いますよ」

「ありがとう」

「ふふ」

「あ、寅井さんに、もうひとつ『ありがとう』って言わなきゃいけないことがある。今の会社に入るとき、面接で『最近、感動したことはなんですか？』って聞かれたんだけど、パッと思いつかなくってさ。寅井さんのお母さんが、寅井さんの好きな金子光晴の本を、寅井さんに内緒でこっそり読んでたって話を、この前オレにしてくれたじゃん？あれをアレンジして、『弟と父は仲が悪いのですが、弟の好きな本を、父が内緒で読んでいました』っていうストーリーに仕立てて話したら、面接に通ったんだよ」

森さんがにこにこするので、

「お役に立てて光栄です」

と笑った。

「あとね、話の流れで、面接官から『じゃあ、森さんはラブレター書くのなんか、得意なんじゃないですか？』って言われて、ちょうどその前の日に寅井さんの詩を書いたところだったから、その話をしたんだ。『そういうことをしたら、女の子は喜ぶでしょ

う』って言われて、『いえ、相手には見せないんです』って答えたんだよ。そしたら、面接官が、『見せたらいいのに』って」

森さんが言う。

「詩って？」

「寅井さんのことを詩にしたんだけど、寅井さんには見せない」

どうやら私のことを書いたらしいので、

「見せて見せて見せて見せて見せて」

私は早口で言った。

「やだ」

「わかりました。じゃあ、見ない」

すぐに引き下がったら、

「いいよ。そしたら、見せてあげる」

もったいぶったあとに、森さんは簞笥から、紙切れを取り出して、私に渡してきた。読むと、「片手で髪を耳にかける君の指が好き、両手でビールを飲む君の腕が好き、照れ笑いで視線をそらす君の目が好き」云々という、ひどい文章が綴られていた。なんだこれ、と思ったが、

「恥ずかしいですね」

と笑って見せた。私はビールジョッキをいつも、なんとなく重いように感じていて、だから両手で持ち上げているのだが、それが森さんに好評だった。「そういうところが可愛い」と言ってもらえる。簡単だ。

「そっかー。本当はさ、オレ、最初に飲みに行った日に、キスしよう、って思ってたんだよ。でも、緊張してできなかった」

「そうだったんですか」

「それで、送別会の日にキスしちゃってさ。ごめんね」

「なんで謝るんですか？」

「なんか、悪かったと思って」

「あれは森さんがしたことじゃなくて、二人でしたことじゃないですか」

「共同作業ってことか」

「そう。だから、謝るのは却って失礼ですよ」

それから、眠った。

森さんは翌朝、大森駅の中まで見送りに来た。百三十円払って、プラットホームまで入ってくれたのだった。

土曜日の朝の、京浜東北線のホームには、人が少ない。

大森は考古学発祥の地であるらしく、その記念碑がホームの端に建てられている。縄文土器をかたどった石碑の横に、二人で立った。

電車を待っている間、森さんが肩や腰を触って、それから髪を撫でてくれたので、私はキスをしようとたくらんだ。顔を見るとできそうだったので、背伸びをして、サッと口づけた。森さんは、うわあ、というような嬉しそうな顔をして、また腕や髪を触ってくれたので、再び顔を上げると、もう一回、今度は一瞬だけ舌を入れた。

私が電車に乗ると、見えなくなるまで手を振り続けていた。

たまたま側《そば》にいる人を滅茶苦茶に愛したいとときどき思う。

六月中頃の土曜日に、大河内さんと上野の薔薇園を散歩した。

触りまくってやった、薔薇に。分厚い花びらに。花の真ん中にはめしべとおしべが入っているのだろうか？　さすがに奥までは指を突っ込めなかったが。入っていないような気がする。

そして、ケーキを食べた。戦前からあるような喫茶店で、大河内さんはベークドチーズケーキとグレープフルーツジュース、私はシフォンケーキと紅茶。会話が滞《とどこお》ると、大河内さんは私をじっと見つめて、

「可愛いよね」

と言う。

大河内さんは、ズズッと音を立てながら、ジュースを飲んでいる。どうして男は、年を取ると音をさせながらものを飲んでもオーケーという世界へ行くのだろう。

この男は、私くらいの年の女でも、「女の子扱い」を喜ぶと思い込んでいるようで、やたらと可愛い可愛いと言い、教え口調で話しかけてくることがしょっちゅうだ。

夜は中華を食べることになった。私は冷たいラーメンを頼んだ。麺の上に鯛の刺身が載っていて、トロロを掛けて食べるのだが、そんなにおいしくなかった。普通に、温かいラーメンを頼めば良かった、と後悔した。

食べながら、中国の話や、モンテ・クリスト伯の話、スペインの話、英雄の話をしてくれた。とても、ためになった。

「なんでですか？」「どうしてですか？」は、私の口癖だ。大河内さんは、私の質問をうるさがらずに、ひとつひとつ丁寧に、答えてくれる。

「食後に公園を散歩しましょう」

と大河内さんが誘うので、手を繋いで散歩した。

噴水の周りを二周してから、そのまま私の手を引っ張って、人の少ない、木の下のベンチに座ろうとするので、従って座ったところ、大河内さんは、

「寅井さんに甘えたい」

と意味不明の科白《せりふ》を繰り出した。

「でも、まだお互いによく知らないのに」

私は適当な返事をしたが、大河内さんは私の言うことを無視して、キスしてきた。そんなに嫌ではなかったので、そのままにした。唇というものは、あまり老化しないようだ。乾いた布で磨いたかのように、つるりとしていた。

「すごく可愛い」

と言うので、

「どう可愛いんですか？」

と聞き返すと、

「十代の子みたいに、弾《はじ》けてる感じがするから。あと、少女っぽくて、不安定で」

と可笑《おか》しなことを言う。私は爆笑した。二十代も後半に差し掛かろうとしている私に対して「十代っぽいから可愛い」だなんて。失礼千万だ。

「どうして笑うの？」

大河内さんは憮然としている。

「だったら、十代の子とすればいいのに」

私は腹を抱えて笑い続ける。

「いや、僕は……。寅井さんのことが、好きで」

「あはははは」

おそらく大河内さんは、本当は十代の女の子が好きなのだろう。女は若ければ若いほど素敵、という思いがあるから、女に対して「若いね」と言うことが誉め言葉になると考えるのだ。だが女は、努力して大人になったのだから、できるだけ年相応に見られたいに決まっている。

「だけど、僕はもう、おじさんだから」

若い女が好きな男は、概して自分を「おじさん」と表現したがる。

「あはは。おじさんになると、女の人ときちんと向き合わなくてもオーケーになるんですか？」

「あの、寅井さんのことを、素敵な女の人だと思ってます」

と大河内さんは、私の胸を撫でた。どういう会話の流れで、胸を触っても良いことになったのか、私にはわからなかったが、面白かったので触らせておいた。

「私に触ると、気持ちいいですか？」

と尋ねると、

「うん」

と返事がある。

「どうしてですか？」

「まず、『寅井さんの大事なところを触らせてもらってる』って考えるでしょ。それから、まあ、懐かしい感じ、っていうのかな、子どもの頃の場所だし」

「あははは」

私の横隔膜《おうかくまく》は痙攣《けいれん》し続けた。大事なのは胸ではなく、脳だ。女が、胸を重要視しているわけがない。子どももいないのに、母親役を楽しいと感じるわけもない。おじさんが私の胸を触る様子は、なんとも可笑しかった。

「こっちばっかじゃ駄目だよね」

大河内さんは、左胸に触れていた手を離して、今度は右胸を撫で始めた。キリの良いところで手をどかし、

「もう行きましょう」

私は立ち上がった。

そのまま公園の出口へ向かうと、大河内さんもついてきた。

駅まで歩き、手を振って別れ、私は北浦和の家に帰った。

会う前は面倒に思うのに、いざ会ってしまえば、「おじさんとは何か？」という知的好奇心を満たしてくれるので、まあ、楽しい。

私はこのところほとんど、家で夕ごはんを食べていなかったので、私の分の食事は特

に用意されておらず、ただ鍋に残り分のおかずが入っているだけだった。食べるときは、勝手に温め直して、ひとりで食べる。今日は南瓜《かぼちゃ》の煮物だった。直接に指でつまんでひとつ口へ放ってから、手を洗ってパソコンデスクへ向かった。

電源を入れ、ネットに繋ぎ、「ハッピーおじさんコレクション」を更新する。ケータイに入っている、大河内さんの笑顔や手や背中の写真を、パソコンに取り込み、ブログにアップする。「Oさん」という仮名にして、言っていたことや、やっていたことを、面白可笑しく文章にして、画像の脇に添えておく。

私は、Oさん以外にも、たくさんのおじさんを盗撮していた。

会社の違う部署の人や、同じ電車に乗り合わせた人など、警戒のゆるんだ表情を隠し撮りしては、ネットに流していた。罪悪感は薄かった。皆が女の子に対してやっていることを、私はおじさんに対してやっている、それだけのことだ。

最近私が凝《こ》っているのは、「ハゲの部屋」というコンテンツだ。ハゲに興味がある。どうやって毛が薄くなっていくのか、その様々なパターン。

オデコから来る人、後頭部から薄くなる人。

そして、それを気にするキュートな仕草。

バーコードを撫でつけたり、カツラをかぶったり。

この間、電車の中で見かけたおじさんは、全体的に一、二センチの髪型なのに、ハゲの際《きわ》だけ五、六センチに伸ばしていて、それを中央にまとめていた。ツムジ周辺の半径十センチほどが薄くなっているので、そこへ向けてヘアワックスで丁寧に、髪が寄せ集めてあるのだ。私はそれの写真を撮った。

なぜそんなにもハゲを気にするのか。

私は決してハゲをかっこ悪いとは思わない。

むしろハゲはセクシーだと思う。

しかし、ハゲに引け目を感じて、ひたすら気にしているおじさんは、さらに愛らしくて、魅力的だとも思う。

ブログのコメント欄にメッセージを残してくれる閲覧者がときどきいるのだが、好意的な人が多く、「Oさん、可愛いですね」「こういうハゲ方をしている人、私も好きです」などと書いてあった。私はにこにこしながらそれを読み、それぞれに返事を書いた。

ひと通りの更新を済ませてから風呂に入り、それから二階へ上がり、自分のベッドに寝転んだ。

閉め切った部屋の中で寝ていても、クーラーは動いているし、灯りの紐《ひも》は揺れているし、私の心臓は鳴っているし、「この場所だけ時間が流れない」なんてことは、どこにも起こらないのだった。肌はどんどん老化の一途を辿《たど》り、胸は垂れていき、全ては崩壊へと進行している。しかし、本当に体が崩れるまでにはまだ時間があった。それまでの間、何をしていればいいのか。
私は大河内さんとそのあとも四回くらい、一緒に夕ごはんを食べ、食後に手を繋いだ。大河内さんと一緒にいるとき、私は非常に醒《さ》めている。それでも、社会を批評するために、おじさんを面白がりたいのだ。

会社にいて、顔は笑顔を保てていても、心がどうしようもなくいらいらするとき、私はトイレへ駈け込む。個室にケータイを持って籠《こも》り、おじさんたちの写真を見返しては、声を出さずに笑い転げる。すると、自然に元気が湧いてくるのだった。また仕事へ戻ろう。あはははは。男たちだって、「女の顔」に元気をもらっているのだろうから、自分のやっていることを恥ずかしいとは思わない。

七月の終わりに、私はベッドの中で丸まって、隣りで寝ている男の顔を見ていた。世界中の男を代表して眠っている人のように見える。頬骨は高く、閉じた瞼の先にある睫《まつ》毛《げ》は長く、軽く開けた唇は赤い。整えられた眉毛がきれいに生えていた。森さんは、背は低いのだが、顔は「オレかっこいい」と本人が言い張る通りに見栄えが良かった。首筋に手を当ててその形を覚えながら、少しずつずらしていった。角ばった肩は、前足が手に変わって、人間になったことを表している。形を認識することは性的な快感に繋がる。肩の角度を脳にギュッと刻み付ける。この男と会わなくなっても、形だけは記憶に残るように。肩に触れ、腕を撫で、肘をつかみ、手首を握る。

　手の甲をいじくっていると、いきなりバシッと叩かれた。

「ごめん」

　森さんはハッとしたように目を覚まし、私を抱きしめた。

「ハチと思ったの？」

　私は尋ねた。虫をはらうような仕草だったのだ。

「蚊だよ」

　森さんは寝惚《ねぼ》けた声で答える。

「私のこと、蚊と思う？」

「寅井さんだよ」

「うん」

　森さんは私をギュッと抱きしめて、耳元で、ごめん、ごめんね、痛かったよね、と囁《ささや》く。

「間違ったの？」

「間違ったー、本当にごめーん」

「平気だよ」

そしてまた眠り、朝が来てから、たくさんキスをした。

「気持ち良くなっちゃったから」

と森さんが切り上げようとするので、

「なんで？　できないの？」

と聞くと、

「できるよ。していいの？」

と抱きしめるので、

「しようよ」

と言った。

終わったあと、

「すっごく気持ち良かった。生きてて良かった。また今日も頑張ろう」

と森さんが手をグーにして天井に突き上げるので、

「私も頑張って生き続けます」

森さんの肩に手を置いて言った。

「ね？　そんな気持ちになるよねえ」

にこにこして森さんが言う。

「触り合うとね」

私は頷いた。

「気持ちいいよね」

「うん」

「でも、したくない人もいるんだって」

「そういう話、よく聞きますね」

「なんで、長くつき合っていくと、しなくなる人たちが多いんだろう」

と森さんが、ばかっぽく口を開けて天井を見つめる。

「違う次元に移行するんじゃないですか？　親密さの高いレベルに行くと、性的なことをするのが気恥ずかしくなるんじゃない？」

私は森さんの耳たぶにオデコを付けた。

「友だちでも、結婚したあと、しなくなったって人たちが、結構いる」

森さんは私の前髪を指で分けた。

「私と妹は、七歳離れてるから、少なくともうちの両親は、結婚したあとも八年間はしてたと思うんです。今はしてないと思うけど。ただ、その八年の間、してた理由は、子どもが欲しかったからだと思う。私と妹の間には、本当は弟がいるんだけど、その弟が生まれてすぐに死んだとき、お母さんは毎日泣いてたから。だから、もうひとり欲しくて、ずっとやってたんだと思うの。私が小さかった頃、寝る前にときどき、『妹か弟が、欲しい?』って、お母さんが聞くんです。『欲しい』って私が答えると、『じゃ、お祈りしなさい』ってお母さんが言うの。だから、『妹をください』って神様に言ってから、私は寝てました。そしたら、しばらくして実際に妹が生まれたから、神様はすごいって思いました」

弟が死んだ、という挿話《そうわ》がメインだと誤解したようで、森さんは、今更だけどご愁傷様、というような表情で私を見た。あるいは、珍しく長く喋った私に少し驚いたのかもしれない。

「オレの弟は、マッサージ師になりたいんだって。こないだ大学を出たんだけど、鍼灸《しんきゅう》の専門学校に入り直すって言うんだ。人に触る仕事がしたいんだって」

森さんは自分の弟の話をする。

「うん」

私は森さんの弟よりも森さんに興味があったので、口を付けた。すると、森さんも舌を伸ばしてきてくれた。

だから、もう一回した。

「好き」

「……オレも」

「なんで、『好き』って言うといつも、動揺するの?」

「『好き』って言われて、動揺しない男なんていないよ」

「言われたくない？　迷惑？」

「ううん。すっごく言って欲しい。嬉しいよ」

「私のこと好き？」

「……好き」

そして、起き上がった。

服を着てからアパートを出て、ミスタードーナツで朝ごはんを食べた。カウンターに、二人で飲茶《やむちゃ》のトレーを並べると、森さんがお祈り風に手を組んだから、私も真似したのに、

「天の神様」

と言っただけで、森さんはサッと食べ出した。

「えー」

私が呆れたら、

「それしか、祈りの言葉がわからなくて……」

森さんはもごもご言う。私が笑うと、

「オレはいつまでこうして、寅井さんを面白がらせることができるのかな、できたとしても、五十歳までだな」

と言うので、

「充分じゃないですか」

と私は、また笑って、お粥《かゆ》をすすった。

土曜だったが、森さんは会社へ行かなければならないとのことで、スーツを着ていた。私は昨日と同じワンピースだ。駅まで続く商店街の中を、手を繋いで進んだ。しょぼくれたアーケードの下で、八百屋のおかしな看板を笑い合い、鰻屋《うなぎや》を見つけて「今度ここに入ろう」と誓い合う。

森さんの新しい職場は神田にあるのだった。だから、京浜東北線へ一緒に乗る。神田駅で森さんは降り、電車が走り出すまでホームから私の顔を見つめ、発車すると必死で手を振ってくる。私はそのまま乗り続けて、北浦和まで帰った。

夜になって、家人が皆寝静まってから、いつものごとくネットを繋げ、「ハッピーおじさんコレクション」を開いた。すると、閲覧者数が莫大に増えていた。この三日間で千人、一日平均三百人もの人が、ここを訪れている。ブログには、三十件ほどの悪意のこもったコメントが付けられている。主にセクハラのような内容なのである。読んでいると目が腐りそうだったので、途中で瞼を閉じた。リンクチェッカーで、どこからこのホームページに飛んできているのかを辿ってみたところ、有名な大きい掲示板に「ハッピーおじさんコレクション」のURLが貼り付けられており、揶揄《やゆ》の対象になっていることがわかった。どうしてばれたのかは不明なのだが、私の個人情報に関わるようなことまでが書き込まれていたので、背筋がゾッとした。

潮時なんだな、と気がつく。

そこで私は「ハッピーおじさんコレクション」のHTMLを、全て抹消した。ブログも、画像も、全部消去。ホームページ遊びも、終わりだ。

じきに二十六歳になる私は、もう充分に、ロリコン文化の批評をやり尽くした。

私のことを特別に好きというわけではない大河内さんや森さんのことだから、私が「離れたくなった」という雰囲気を醸《かも》し出せば、二人とも、すぐに離れてくれるだろう。

人生のカーブを感じた。

大河内さんとは、最後に京都旅行をした。

現地で待ち合わせをした方がきっと、気分が盛り上がるだろうというわけで、夜八時に京都タワーの上と約束をした。私は小さい手提げひとつで、のぞみに乗って出かけ、先に着いた。八月の終わりのことで、台風がやって来ていた。

京都タワーはひどく低いのに、チケットは七百七十円もした。高い。

全面がガラス張りになっている窓に手をついて、夜の空と京都の街並みとを眺めた。

外では、風雨が吹き荒れている。顕微鏡で見る精子のような細かい白の点々が、強風に乗って街へ降りていく様を、私は見下ろしている。地上に近づけば近づくほど、雨は煙のようにもやもやとしていく。

私は足元に手提げを置いて一時間ほど、ひとりで立っていた。

台風の中にいながら、平気で空中に立てているということが、人間として生まれることができた素晴らしさのように思えた。

周囲は男女の二人組ばかりだった。九時になると、九カップルになった。

大河内さんがエレベーターで上がってきた。なんだか緊張してしまって、目を合わさずに、私は窓の方を向いたまま、

「どうも」

とロの中だけで挨拶をした。

「ごめんね。遅くなって」

大河内さんは頭を下げた。そこで私は、頭を見た。ハゲているのでツムジがどこにあるのかわからなかった。

「台風を見てたんです。新幹線、遅れました？　私が来たときは、まだ普通に走ってましたけど」

「ううん。仕事で遅くなっちゃった。待ったよね？」

このところ狎《な》れ合いになっていて、大河内さんは私にタメロを利くようになっていた。何もしていないのに、いつのまにか恋人気取りのときがある。

「平気でした。台風が面白いから」

「そうなの？」

大河内さんも窓に手をついた。

「はい」

「なんか、怖いね。すごい雨だね」

「こうして街を見下ろしていると、自分がいかにひとりぼっちかってことを、実感しますね。私以外の皆に、家族や恋人や友だちがいるような気がして」

すると、大河内さんは私の手を取り、

「僕も寂しいんだよ」

と神妙な声で言った。

「孤独ってことですか？」

私は大河内さんの手の甲をまじまじと見て、血管をそっと撫でた。

「そう」

「昔から？」

「いや……」

「若いときから？」

「いや、若いときは、孤独っていうのは、思わなかったね」

大河内さんには奥さんもいる子どももいる、部下もいる同僚もいる、昼ごはんも夕ごはんもいつも、誰かと一緒に食べている。私よりもずっと、周りに人が多い。それでもこの人は、寂しい、と言う。

私は大河内さんの、ハゲの上でそよぐ、薄茶色に染められた髪を見る。血管の浮いた、シミのある腕を見る。興味。好奇心。こんな気持ちで人と関わって良いものだろうか？

私はただ、おじさんというものを知りたくて、この人とお喋りしてきたのだった。

タワーを下りて、京都駅構内の定食屋で、簡単な夕ごはんをとった。

私は肉じゃが定食、大河内さんは鮪《まぐろ》刺身定食。あと、瓶ビールと冷奴。冷奴は私のため。大河内さんは、

「豆腐というものは、崩れるから嫌い」

なのだそう。

一方、淡泊な味が好きな私は、絶妙な力加減で豆腐を挟んでは口に運ぶのだった。

避雷針の話と、虫の話と、歌声喫茶の話をした。

食べ終わってから、タクシーで移動し、旅館にチェックインする。素泊まりの宿なので、ごはんは出ないのだが、木の匂いのする、格調高い、居心地良い部屋で、それなり

の値段がするわけだ。布団の上に正座したら、胸に手を伸ばそうとする。

「若い人の胸に触ると、孤独が癒《いや》されますか？」

しつこく聞いたが、

「もう聞かないで」

と答えてくれなかった。大河内さんはきっと、なぜ胸を触りたくなるのか自分でもわからないのに違いない。

性交はしなかった。


気がつくと私は、生まれたての赤ちゃんに心臓マッサージをしていた。

その赤ちゃんは人間のような形をしていたが、手のひらに乗るくらい小さくて、生まれる前のヒヨコのように自身の膜に包まれており、なんとなく半熟玉子の風情なのだった。

死んでしまいそうなので、私は左手に赤ちゃんを乗せ、右手の人さし指と中指で、赤ちゃんの胸の辺りをさすった。

すると赤ちゃんが急に膨らみ始めた。

手のひらに乗せておかなければならないのに、どんどん大きくなって、持ちきれない。

マッサージをしなければ死んでしまいそうだが、手で擦《こす》ると膨らんでしまう。

触ると膨張する。抱える。抱えきれなくなる。私の体よりも大きくなりそう。それが怖くてたまらなくて目が覚めた。起きたあともしばらく、胸のどきどきは収まらなかった。時計を見ると、まだ六時だったので、再び目を瞑った。

翌朝、阪急で嵐山まで出かけた。昨日の台風で空が掃除されたようで、青空の下に清らかな街があった。二人とも計画を立てるのが苦手なので、この旅行は何も考えないぶらぶら歩きだった。とりあえず、嵐山駅からタクシーで山道を行き、化野念仏寺《あだしのねんぶつじ》という寺を参る。

風化した仏像が並んでいた。昔、風葬の場所だったらしいこの地を鎮《しず》めている寺は、うらぶれた雰囲気だ。

墓場には新旧さまざまな墓石がある。ある墓は仏事の真っ最中で、黒い服の人たちが手を合わせていた。お坊さんがちりりんちりりんと鈴を鳴らす。その音が竹林に吸い込まれていく。誰もが死ぬ。生きた証に小さな石を地面に置く。何十年か生きただけで、地球上の一点を占領できるのは素敵なことだ。しかし私は、今死んだら、親の墓に葬られるだろう。自分ひとりの場所は、できそうにない。

大河内さんがのんびりと歩くので、私は先に行き、原型をとどめていない古い墓の前を、ちょこまかと行ったり来たりした。

私は、この下で眠っている人たちとは違って、食物を定期的に摂取しては、体を燃やしている。

今、ワンピースを着たり、ピアスをぶら下げたりしていることが、自分が発火しているということの、証拠作りのようだ。生命の火はそのうち消えるのだから、早く早く、おしゃれをしなくては、と気が急く。服の裾《せ》をそよがせ、装身具の石を光らせる。

若い人は、やっぱり、えらい。いつの時代でも若さは注目を浴びる。私は年を取っていくから、年輪を重ねる楽しさも自ずと知っていくだろうが、あとから生まれてくる人たちの眩《まぶ》しい若さには、いつも敬意を払っていこう。二十歳前後の女の子や男の子をこれから見るときは、決して老いた自分を卑下することなく、でも、眩しさに目を細めるのだ。

大河内さんが今、私を尊んでいるのを、真似する。

二人で坂道をぶらぶらと下っていった。

清涼寺を覗き、天龍寺の庭を見て、それから桂川に架かる渡月橋の上で、肘を欄干《らんかん》に置き、周囲を眺めた。山、川、建物。

初めて訪れた場所の風景を、せっかくだからとできるだけ記憶に残そうとする。どう残せばいいのか。

あの屋根の線を、川の流れを、山の角度を、脳のシワに押し付けるように。男の肩の形を覚えるときにする方法で、じっと見つめる。触れるときは、できるだけ触って。

蕎麦屋でうどんを食べてから、嵐電に乗った。路面電車で京都の街並みを滑りながら、目に入るものの全てを教え合う。「見て、変な看板」「本当ですね」「瓦の形が東京と違う」「そうですね」。太秦広隆寺《うずまさこうりゅうじ》で下車した。弥勒菩薩半跏思惟像《みろくぼさつはんかしいぞう》を見るため。

歴史の教科書に載っていた、スッとした顔立ちの菩薩だ。この菩薩が、好きだ。私の幼馴染《おさななじみ》に、少し似ている。美人で、大人しい女の子だった。私は埼玉の新興住宅地で育ったので、七人の幼馴染がいる。全員女の子だ。静かな子、調子のいい子、リーダーっぽく振る舞いたがる子、七人七様だった。高校を出た辺りから交際がなくなった。皆、元気だろうか？　働いているだろうか？　太っただろうか？

長い腕。右肘は、右膝の上に軽く置いている。右足は、左膝の上に載っけており、左手で、右足のカカトを擦っている。右手の薬指と親指は、わずかに離れている。鼻筋と眉が繋がっている。

耳たぶが長い。人間の耳たぶというのは、誰かに触ってもらうために柔らかくぶら下がっている。菩薩の耳たぶも、見ていると揺らしてみたくなる。

半目。どれだけ見つめても目が合わないという、コミュニケーションの困難さが、私の菩薩に対する恋慕を、さらに掻き立てる。

ドレープが魅惑的。こんなシワは通常のスカートでは決してできないから、不自然ではあるのだが、どうして菩薩がこんな風にシワを表現したいのかはわかり、だからこのヒラヒラは決して否定したくない。

顎の丸みは、口づけをするときに、手でクイッと持ち上げたくなる感じ。

胸はない。

後ろの壁にできている影が、なまめかしい。

私の隣りに、母娘と思われる二人組の参拝客が立っている。

「優しいお顔しとる」

と五十歳くらいの母親が言うと、

「私、この人、だーい好き」

と二十歳くらいの娘がふざけた。

菩薩の魅力はなんといっても指先にある。こんなに細い指で愛撫されたら、あっという間にいっちゃうだろうな。性別のわからない、不思議な手。

私は三十分近く、側に寄ったり離れたり、右から眺めたり左から覗いたりした。大河内さんが「もう、いい？」という顔をしたので、私は目で頷き、お堂を出た。暗闇に慣れた目には、夕方でも外界が痛かった。

入口のところで、菩薩のブロマイドやポスターを売っていた。まるでアイドルみたいな撮られ方をしていて、麗《うるわ》しい横顔だの、背中からのセクシーショットだの写真があった。私も思わずポスターを買ってしまった。

大河内さんにポスターを持ってもらって、ケータイで写メを撮った。それから、

「サインしてください」

と頼んだ。

「誰の？　菩薩の？」

大河内さんが笑うので、

「この端っこに、『大河内』って書いてください」

私は、ポスターの隅を指すと、手提げからペンを出して、大河内さんに渡した。大河内さんは、真面目に「大河内」と、達筆で書いてくれた。

バスで中心地まで戻り、夕ごはんに湯葉の店に入った。鍋に浮かぶ膜を掬《すく》いながら喋

った。

「僕は、七、八年前にも、女の子とつき合ってたときがあったんだよ」

大河内さんが言った。

「どんな人でした？」

私は聞いた。

「ファッションの専門学校に通うために田舎から出てきたばっかり、っていう子と、ひょんなことで出会ったんだ」

「え？　そしたら、その人、そのとき十八とかですか？　十代の子とつき合ったんですか？」

「そう。出会ったときは十八だった。そのあと七年つき合って、ちょうど寅井さんくらいの年、二十五歳になった彼女が『他に好きな男ができた』って言うからね、別れたんだ」

「へぇ」

「最初、その子が『東京にひとりっきりで寂しい』って話をしてたからね、僕は『じゃあ、彼氏ができるまでの友だちってことで、僕と仲良くしてよ』って言ったんだ。『僕は結婚してるから、本当の恋人にはしてもらえないと思うけど、彼氏がいないんだったら、それまでの繋ぎでいいから』って」

「随分と都合の良いことを言いましたね、よく言えましたね」

「でも、つき合ってるとき、僕は本気だったよ。彼女が『いいよ』って言うまで、触らなかったしね。彼女は課題なんかでいつもいそがしかったから、僕が彼女の家に行って、夕ごはん作って待ってたしね。テーブルとか棚とか、手作りしてプレゼントしたしね。いろんなところに連れていったしね」

「ふうん」

連れていく、という表現はおかしな言い方だ。一緒に行っただけだろうに。

「彼女は専門学校を卒業したあと、服飾の会社に就職して、デザイナーになったんだよ。でも、ある日、僕が彼女の家へ遊びにいこうとしたら『今日は家にお姉ちゃんが来るから』って断られたんだ。でね、その夜、家に電話したら、本当にお姉さんが出たんだよ。でもね、『代わってもらえますか？』って頼んだら、『何々くんと出かけてます』っていうようなことを言うんだよ。それで、ああ、他に男ができたんだな、ってわかって。後日聞いてみたら、『好きな人ができた』って、『でも言い出せなかった』って、『ごめんなさい』って、言うんだ。僕は、最初に約束したからね。彼女に好きな人ができたら別れる、って。だから、サッと離れてあげたよ」

「ああ、えらかったですね」

私は日本酒の杯を干しながら、乾いた声で、誉めてやった。

「辛かった。そのあとの七年間は灰色の日々だよ」

「でも、奥さんがいるでしょ？」

灰色の日々を誰のおかげで生き抜けたのか。

「僕は、もう何十年も奥さんと一緒に寝てないからね。向こうも、家具のようにしか僕のことを捉えてないんだ」

浮気した夫を汚く感じて一緒に寝られなくなる心情はよくわかる。

「奥さんは大事にした方がいいですよ」

この男は、奥さんの思いだけが「今」を決定しているかのように喋る。

「でも、僕のこと無視してるんだよ」

「浮気している人のことは、そりゃ、無視しますよ」

浮気しても妻から重要視されるべきだ、と自分を買いかぶっている。その自信の根拠が私にはわからない。

「だけど『遊ぶのは結構。家に持ち込まないでくれればいいから』って言われたんだよ。僕が浮気しようが、何しようが、妻には興味がないんだよ。金が入ってくればいいんだから。僕は金を運んでくる道具だよ。向こうは向こうで、テニスサークルに入ってて、友だちもいっぱいいるしね」

「ふうん」

金を運んでくる道具、というところを憐れんで欲しいようだ。

「子どもは可愛いけどね。でも、もう、娘が三十二歳で、息子が二十七歳、かな。娘は派遣をやってて、結婚もしないでふらふらしてる。何してんのかな、と思うよ。息子は美容師で、もう結婚してる。あのね、正直言って、僕は娘の方が好きなんだ」

「仲良しなんですか？」

娘への愛情を、自身の飾りにする。男がよくやることだ。子どもを可愛がってやっているんだ、と示すだけで、「いい父親」＝「いい男」と他人から見てもらえる、と勘違いしている。

「うん、仲いいよ。娘が家に帰ってきたときは、二人で飲みに行ったりしてるよ。寅井さんは、お父さんとお酒飲む？」

「皆無ですね。一回も飲んだことない。雑談もほとんどしません。新聞記事だとかテレビのニュースだとかについて議論するような会話はしますけど。自分たちのプライベートについての話はしません。お父さんは私のことを、無口で暗い、つまんない女だと思っているのに違いないです」

私は手酌《てじやく》で、なみなみと日本酒を注いだ。

「お父さんとは、仲良くした方がいいよ。なんでも話してみなよ。お父さんはいつだって聞いてくれると思うよ。きっと、寅井さんが話しかけてくれるのを、待ってるんだと思うよ」

「はあぁ」

「でも、娘は年に一回くらいしか帰ってこないんだ。あの子は普段は北海道にいるから」

「へええ」

「で、ほとんど灰色の日々だったんだ」

「ほほう」

「でも、寅井さんと仲良くなってから、また日々が輝き出した」

「そうですか。あはははは」

「なんで笑うの？」

「いや……。アパレルの人とはどうなってるんですか？」

「こないだ、その子から電話がきたよ。『デザイナーになれたのは大河内さんのおかげだと、今でも思ってます』って、言われた」

「あはは。大河内さん、その人のこと、『育てた』って思ってるの？」

「何それ」

「あはははは。娘より年下の女を可愛がりながら『お父さんを大事に』と説教するのは、楽しいですか？」

食べ終わってから宿に戻り、風呂に入ったら、鼻血が止まらなくなって、困った。熱い湯のせいで、のぼせたのか。洗い場に上がったら、だらだら出てきたもののせいで、体中が真っ赤になった。湯の中にレモンが浮いていたので、それを鼻に当ててみたが、爽やかなだけで、止血には繋がらない。あまりに長くいると、大河内さんに不審がられる、鼻血というのは男受けが悪いだろう、と思ったので、止まれ止まれと念じたが、なかなか止まらない。檜《ひのき》の浴槽の縁に腰掛けて、自分の膝に点々と血液が落ちるのを見た。痛くないのに血が出るのは不思議だ。生理と同じ原理なのだろうか。いらない血が外に出てきているだけなのだとしたら、どんどん出してしまった方が早く終わるのでは。私は洗面器に水を入れて、それをぴちゃぴちゃと手で掬っては鼻にかけた。洗い場にうずくまって、いつ終わるともしれぬ鼻血の流れを、見ていた。

随分と時間をかけて入浴を終わらせたら、大河内さんが先に眠ってしまっていたので、ラッキーと思い、私は座布団に座ってしばらく、本を読むことにした。何度も読み返したぼろぼろの文庫本を一冊、手提げに入れて持ってきていた。好きなページを、とばしとばし読んでいって、飽きてから布団に入った。三時過ぎだった。

眠ると、八時半の目覚ましを無視して、十時を過ぎてしまった。夢は見なかった。

目を開けると、眼前に小さな光の玉があって、そこに睫毛の影が映っていた。障子越しに、朝の光が顔に当たっているのだ。

自分の睫毛が見えるときがある。まばたきをすると、その毛先がぱちぱちと動く。光の玉は、何によってできているのか、瞼の内側に付いている埃《ほこり》か何かがハレーションを起こしているのか。

十一時にチェックアウトの催促の電話がかかってきて、大河内さんが受けて、「今、出ます」と答えていた。

道に迷いながら大河内さんはトランクをかたかた、私は手提げをぶらぶら、移動して喫茶店で、朝ごはんを食べた。大河内さんはミートローフセット、私はオムレツセット。学校給食のような味だった。

京都駅からのぞみに乗り、並んで座った。大河内さんが名古屋辺りからうつらうつらやり出したので、私は大河内さんの手にそっと触った。指の爪が硬かった。私の爪とは違う材質でできているのではないかと思うほどだった。爪の表面に年輪のようなものができている。私はケータイを取り出して、接写した。大河内さんの目が覚めた気配でサッと手を離し、景色を眺めているふりをした。

「寝なかったの？」

と大河内さんは寝惚け眼《まなこ》で聞いてきた。

移動時間を睡眠時間にする人の気がしれないと思っていた。体が動いているときには思考も止まらない。

「音読ごっこしましょうよ」

私は提案してみた。

「いいよ」

大河内さんは儚《はかな》い声で、頷く。

「じゃ、丸読みで。句点でバトンタッチ。一文ずつ読んでいきます」

小学生のころ、「。」まで読んで、次の人に交代する音読を、国語の授業でやらされた。俗に「丸読み」と呼ばれる方法だ。

「わかった」

二人の間に文庫本を開いて、順番に文章を音読し合った。

別れの儀式だ。卒業式に行う「呼びかけ」のようだ。「楽しかった運動会」「運動会」「僕たち」「私たちは」「一所懸命走りました」「忘れられない修学旅行」「……」。そんな雰囲気でしめやかに読み継いでいった。

トイレへ行くために通路を行き過ぎる人たちが、私たちを「どういう関係だろう？」「何をやってるのだろう？」という目で見てきたが、私はそういうのは気にならない性《た》質《ち》だった。

やがて東京駅に着いた。

「またね」

「はい」

と手を振り合った。私は京浜東北線に乗り、大河内さんは総武《そうぶ》線《せん》のホームへ向かった。またね、ではない、さようなら。もうごはんを一緒に食べない。だが、いつか電話をする。「デザイナーになれたのは大河内さんのおかげだ」という科白に似たような言葉をきっと、私は吐くだろう。

九月に入ってから、森さんに最後の電話をかけた。

「森さんのことは、皆が好きだよ。半年仲良くしただけの私がこんなに大好きなんだから。きっと、長く一緒にいる彼女の人の方が、もっと感じてるよ。優しさとかあったかさとか。お母さんもお父さんも弟さんも会社の人も彼女も、森さんのことがきっと、大好きだよ」

私はぺらぺらと喋った。

「……うん」

森さんは小さな声で返事をした。

「私のことは、ちっとも好きじゃなかった？」

「好きだよ」

「森さんと私は、つき合ってなかったんだよね？」

「うん」

「他の人から『彼氏いるの？』って聞かれたときは、『いない』っていう答えで、合ってたんだよね」

「うん」

「どう思ってたの？」

私が聞くと、一瞬、深呼吸をするような音が聞こえて、そのあと、

「じゃ、オレの気持ち言うね。オレはリカちゃんと結婚しようと思ってます」

と森さんは、私にとってはどうでもいいことを、急に大きい声を出して言った。森さんの彼女は、私の妹と同じ名前だった。

「リカちゃん？」

「あ、あ、『彼女』と」

「前、『オレは一生結婚しない』って言ってたよ」

「本当？」

森さんは困っている。

「いつ?」

と聞くと、

「えっと……。すぐじゃなくて……、いつか」

しどろもどろになるので、本気で結婚をする気ではなく、ただ私と離れたくて発している言葉のようだった。おそらく、彼女に私のことがばれたのだ。それで、このことを浮気相手に伝えろ、と言われたのに違いない。

「森さんは、なんで転職したの?」

「……このままでいいのかな、って、ずっと不安で。もう二十七なのに何も身につけてないから……。あの会社にいても、先が見えてるし。いつまでも続けられるような仕事じゃなかったから。もっと自分の可能性を探りたい。勉強がしたい。寅井さんは焦らないの?」

「私は周囲に、好奇心が向かう。自分のことよりも、世界を知りたいの」

「自分の人生のこと、オレは考えるよ」

「リカちゃんから、なんか聞かれたんでしょ?」

「うん」

「どうするの?」

「あの子はオレのことを誠実な男だって信じ込んでるんだよ。だから、本当のことは言わない。全面否定でいく」

「嘘がつけるんだね」

おそらく、「嘘つきでも好き」と言う女より、「誠実なあなたが好き」と言ってくれる女の方を、男は好むのだろう。

「セックスはしてないってことにしようよ」

「え？……何回したと思ってるの？」

「だって、そうしたら、寅井さんに『好き』って言っていた裏で、リカちゃんにも『好き』って言ってたことになっちゃうじゃない」

「そういう風にしてたんでしょ？」

私は自分のベッドの上で、体育座りをして、話を聞いていた。足の爪が見えた。

「ごめん」

「私もごめん」

「うん」

「でも、森さんも大変だよね」

私は壁に貼ってある菩薩半跏思惟像のポスターの、手の部位に自分の指を絡ませた。

「だけど、寅井さんに比べたら大変じゃないよ」

「うん。今の状況って、自分が悪いんだけど、想像していたよりも息がしづらくて、苦しいみたい」

「ううん。寅井さんは悪くない。オレ、寅井さんを傷つけた」

「他に言うことない？」

「何？」

「今日だけ言うようなこと」

「わかんない」

「考えたらわかる」

「わかった」

「何？」

「誕生日おめでとう。もう大人だね」

「ありがとう」

「おめでとう」

「じゃあね」

「あ、あ、オレと……」

「何？」

「もう一回だけ、会う？」

電話を切ってベッドに寝転んで文庫本のページを捲《めく》る。しかし、文章が頭に入ってこない。生きていても小説を読むぐらいしかすることがないのだが、読書をしていると、全ての読点のあとに「死にたい」という自分の言葉が入ってくる。性行為をするときに、男の人の肩越しに世界が見えることが面白い、と常々思っていた。東京には山がない。だから、空はビルに囲まれている。

私は京都の空の、山の縁取りを思い出して、でもどちらも男たちに似ている、と感じた。ひとつひとつは独立している肩でも、稜線を辿れば、ひと続きのうねうねとした線になる。私は線上を上り下りしながら人生を進み、空を見上げる。ある山と別のもうひとつの山との境目が曖昧であるように、森さんと大河内さんはなだらかに繋がっている。角ばったビル群にしても、男の人のいかつい肩に、より似ているように見えて、私は東京のスカイラインも嫌いではなかった。

「ここの人たちはお昼ごはんを、どこで食べるんですか？」

と新しく入った、二十三歳の「女の子」に聞かれる。私の隣りの席の人は先月に辞めてしまったので、今月から働いている山之口《やまのぐち》さんだ。

「それぞれ。近くの店に行く人もいるし、コンビニのもので済ませる人も、お弁当を作ってくる人もいるよ。あっちにいる、TBS班の太田さんたちのグループは優しいから、あの人たちの中に入れてもらったら？」

私が勧めると、

「寅井さんは？」

と聞くので、

「私は時間内に仕事が片付けられない性質だから、昼休みにコンビニへ行って、昼の分と夜の分とを買って、この机で食べてる」

と答えた。

「じゃ、私もそうします」

と言うので、仕方なく、山之口さんと私は、昼休みになると、一緒にコンビニへ出かけた。エレベーターで地上まで降り、大通りを渡る。

「この辺、柳が多いんですね」

山之口さんがきょろきょろする。

そう、なぜか大通りに沿って柳が植えられていた。築地市場が近いせいで、道幅は船が通れるくらいに広く、その両側に柳が並び、街には巨大なビルが連なる。自分がレゴブロックの中を歩く人形のように思えてくる。

「昼間の光を受けていると、柳はさらさら揺れる、清潔な木だね」

と私は言った。

秋が始まろうとしていて、ボタン穴を通って、私の胸に風が吹き込んできた。空が高かった。給水塔の梯子《はしご》を、想像上の自分が登っていって、青空をつかむ。隣りを歩く山之口さんは、素足にヒールの高いサンダルをつっかけて、軽快に歩く。仕事の大変さには未だ気づいていない、無邪気な様子が愛らしかった。

今は周囲の人たちが助けているので、山之口さんは前任者の半分以下の仕事しかしていない。そして、夕方六時になると、「定時だから」と帰されていた。辞められては困る、と誰もが思っており、ゾッとするほど優しく接されている。二ヶ月もすれば、状況は変わるだろうが。

コンビニで買ったサンドウィッチを、各々の席で食べ、午後の仕事を始めると、山之口さんが、

「変になりました」

と焦った口調で私に告げた。パソコンを覗くとフリーズしていたので、ちょいちょいと直してやる。この山之口さんは、ささいなことでも不安になるらしく、すぐに私に質問をしてくる。いつの間にか私は、人から聞かれる質問に、答えることができるようになっていた。

九月の中頃に、お父さんが、

「アユみたいになった」

と言い出した。

左耳が聞こえなくなったポップシンガーのことが、ニュースになっていた。突発性難聴という病気で、聴力が衰えるものであるらしい。アユはライブでバックバンドの爆音を聞き過ぎたから、まだ二十代なのに、聞こえなくなってしまったのだ。「アユ、かわいそう」と、私の友だちも皆、アユに同情していた。だから、町の耳鼻科の医院に行ったお父さんが、医者から「突発性難聴の恐れがある」と言われて帰ってきたとき、私はどきどきした。

お父さんとは、前から会話がしづらくて、何を言っても伝わらないことが多かった。この人は耳が悪い、ということはずっと思ってきたことなのだが、いざ、本当に会話ができなくなったら、嫌だ。

お父さんは、

「こないだ風邪を引いたときに耳が塞《ふさ》がったみたいで、人の声が聞き取れなくなったんだ」

と言う。

町医者の紹介状を持って、午後二時、お父さんと私は二人で、さいたま市立病院の耳鼻咽喉科を訪れた。もっと頭の良い医者に診てもらわなければならない、セカンドオピニオンが必要だ、と私は思ったため、ついて行った。

医者も看護師も、私に対して、ばかにしたような態度を示した。なぜ娘が一緒に来たのかが、伝わらないようだった。

お父さんの名前が呼ばれると、私も診察室にまでついて入った。医者は、お父さんの耳をペンライトでちらりと覗いただけで、あとでまた検査に呼ぶから待合室で待っていろ、と言う。そこで外に出て、二人で椅子に座った。茶色いビニールのベンチだった。私は、ビニールの破けたところをいじって、中のスポンジを掘り出していった。

しばらくすると、四十歳くらいの女の看護師がやってきて、お父さんと私の間の床にひざまずいて、両手を伸ばしてきた。右手と左手で、お父さんと私の、それぞれの手を握って、薄笑いを浮かべ、

「通常、検査は午前中しかやっていないんですが、今日は特別に午後でもできるようにしました。ただ、たった今、重病の患者さんが急に来られたもんですから、三十分ほどお待ちいただけますか？」

と言う。手を握られた意味が不明なのだが、私が戦闘的な表情で座っていたから、患者の家族というものに対してのスキンシップも必要だと考えたのかもしれない。ばかにされている。私のことをもっと、弁護士か何かのように扱って欲しい。私は飴を口に放って、噛み砕いた。お父さんに、

「飴食べる？」

と聞くと、いらない、と言われた。

しばらくして、またお父さんの名前が呼ばれた。私も立ち上がると、

「今度は、お父さんだけで」

と押しとどめられる。仕方なく、私はひとりで待合室にいた。

十分ほどして、お父さんは戻ってきた。さらに二人で十分待つと、また呼ばれる。今度は私も一緒に行って診断結果を聞いて構わない、と看護師が言う。

そこで診察室に入ると、医者が、

「中耳炎です」

と言った。

「突発性難聴ではないんですか?」

と私が食い下がると、

「突発性難聴を疑っていらっしゃったんですか?」

と医者は半笑いだ。

「確かに、耳は聞こえていないんです。前からおかしかったんです」

私は言った。

「それは老化です。年を取れば、聞こえなくなっていくんです。ただ、今回の症状は、風邪から併発した中耳炎です。三週間で、この、水の中にいるみたいな違和感は消える

でしょう。会話がしにくいというのは、また別の症状で、こちらは老化によるものですから、どうしようもないんです」

そう言われて、私たちは診察室をあとにした。


バスは揺れた。紫色の座席シートに、お父さんと私は並んで座っていた。ローカルなコンビニや、小さかった頃に通ったスイミングスクールなどが、車窓を滑《すべ》っていく。

「サワちゃん、会社ではどうなんだ。上手くやれてるのか?」

お父さんが聞いた。

「人と話すのが苦手だから、勤めは向いていない」

私は答えた。

「会社を辞めたって、何したって、人と関わらないで済むことはないだろう」

「そう。だから、私はそのうち、駄目になる。どんな仕事もできないと思う」

「三十歳くらいまでは誰でもそうだよ。人と話すときは緊張するよ。お父さんも、銀行で働いていた頃、外回りをするときはいつも緊張してた。でもだんだん大丈夫になってきて、楽しくなっていったんだ。たまに、『人と話すの、全然平気』って人、若い人でもいるけど、稀《まれ》だね。皆が、そうなんだよ。若いときは大変なんだよ。だから、サワちゃんも大丈夫。年を取れば平気になるよ」

お父さんはバスの進行方向を見つめたまま、そんなアドヴァイスを私にしてきた。

私は黙って頷いた。お父さんは、「降ります」とプリントされたブザーを押した。

そして、家のあるバス停で降りていった。私は手を振った。もう二度と家に帰りたくない、家を出たい、と思った。

私は、夜に渋谷で学生時代の友人と遊ぶ約束をしていたので、「北浦和駅前」で降車し、バスから電車に乗り換えた。

父親に対して「消えてくれ」と思う自分がいる。この気持ちは四十歳になっても変わらないだろう。自立したいのとは違う。ただ、父親的な存在が苦手なのだ。


九月の終わり、不忍池《しのばずのいけ》でボートに乗り、森さんが櫂《かい》を動かしながら歌を歌った。私は黙って体育座りをしながら水面を見ていた。他のボートが近づいてくると、森さんは急に歌うのをやめて、お辞儀をした。そこで私も真似した。すると、向こうのボートの人たちも頭を下げてにっこり笑ってくれた。大抵は男女二人で乗っていて、男が漕いでいた。一度、交替して私が櫂を動かしたが、舟がほとんど動かなかったので面白くなかった。波がきらきらとしていて、脳のひだひだに水が滲み込んでいくようだった。夏はとうに終わったというのに日差しが強くて、私のメラニン色素は膨らんだに違いなかった。

「ボートに乗っていたら、地震が来ても、気がつかないかな」

「確かに昔、オレ、大きめの地震があったときに、ボートを漕いでいて知らなくて、地上に上がってから『さっき揺れたよ』って言われて驚いたことがある」

「今、大地震が来たら面白いね」

「面白くないよ」

「この先に地震があったら、もう私たち安否《あんぴ》を気遣い合えないね」

「うん」

「天変地異がなくても、病気をしなくても、天寿をまっとうしたって、知りようがないね」

舟から上がると、昼ごはんのため、アジア料理の店に入った。生春巻きだのフォーだのを食べ、デザートが来ると、

「あーん」

と言って、森さんが杏仁豆腐をスプーンで掬って差し出してきたので、私は小鳥の目をして口を開けた。次に私が親鳥気取りになって、お返しに食べさせた。「あーん」「ぱく」「おいしい?」「おいしい」。とろりと甘い。目を合わせて笑った。

上野動物園に入った。森さんはクマに興味を持っていた。私は主に小動物を見た。電車で移動して、しながわ水族館に行った。森さんはシロワニ。私はガーデンイール。そ

のあと、道沿いにあった小さな神社にお参りをしたら、箒《ほうき》で落ち葉を掃いていた神主らしき人から「お幸せに」と挨拶された。私は作り笑顔で「はい」と頷いたが、森さんは苦い顔をして俯いてしまった。品川のつばめグリルでハンバーグを食べた。カラオケで二時間半も歌いまくった。

そのあと大森の森さんのアパートに行った。森さんのアパートは1Kの小さな部屋で、必要な物だけが置いてある、小奇麗な空間だ。私たちはこの部屋で、三十回くらい一緒に寝た。

一緒に風呂へ入った。二人で湯の中で体育座りをして、コンビニで買ってきたシャボン玉を吹きまくった。

髪を洗ってもらった、体も。森さんがタオルを持って、私の背中をごしごしとやったあと、表も、と胸を拭き始めてから、

「勃起《ぼっき》してきた」

と言うので、タオルを受け取って、あとは自分で洗った。森さんは自分の体にシャワーを当てて鎮めたようだった。

風呂からあがると、テーブルに向かい合って、メモ帳から紙を破り、それぞれが思う「今日、一番楽しかったこと」を絵にして、見せ合った。森さんは私の顔をぶさいくに、私はガーデンイールをトーベ・ヤンソンのニョロニョロ風に、描いた。

そのあと、二人で編み出した体位をしたら、すぐに終わってしまった。それから寝て、翌朝十時を過ぎてから、一緒に電車に乗った。私は昨日と同じピンクグレーのワンピースを着て、森さんはスーツだ。日曜日だったが、森さんは出勤日だった。森さんの新しい会社には、ほとんど休日がないようだ。

吊革につかまりながら、

「私、森さんがおじさんになるところ、見たかったな」

と隣りを見上げると、何がポイントだったのかよくわからないのだが、森さんが変な顔をし始めた。泣くのを我慢しているような表情だ。しかし、まさか本当に泣くとは思えなかったので、

「泣くの？」

と聞いてみた。

「泣かないよ」

と森さんは答えたのに、みるみる、目が真っ赤になった。

「大丈夫？」

私は刮目《かつもく》してその顔を見た。

「本当にごめんね。ありがとう。すっごく楽しかった。何もかも」

森さんは、そんなことをもごもごと言って、上を向いたり、下瞼に力を入れたりして、

我慢しようとしつつ、涙を垂らした。

京浜東北線の車内は、ほど良い混み具合で、皆でビル群を抜ける。そんな中、隣りで吊革をつかんでいる二十七歳の男が泣き出すのを眺める、というのは素敵な体験だ。私はどきどきして、

「いつか、お腹が痛くなくなる薬が発明されるよ。それまで、体を大事にしなね。仕事を頑張ってね。でも、頑張り過ぎないようにね。大変なときは、彼女に甘えなね。たまには愚痴を聞いてもらいなよ。私、森さんと仲良くなれて、本当に楽しかった。会社で、声をかけてくれてたの、嬉しかったな。しつこく喋りかけられるのも、大げさな笑顔でからかってくれるのも、好きだったな。もう会わないけど、きっと忘れない。大好きでした」

とたたみかけるように言った。森さんは神経性の腹痛持ちで、すぐにトイレに行きたがるのだった。きっと繊細な人なのだ。気遣い屋さんが行き過ぎて、八方美人になってしまっただけなのだ。この人のこれからの人生が幸せに過ぎるといい、と私は真剣に祈った。

森さんは上を向いたり、眼尻を引っ張ったりして、我慢しようとしているようだが、本当に泣いている。私は親指で、頬の涙をぬぐってあげた。なんで泣いているのだろう。私に悪いことをしたと罪の意識を感じているのか、縁が切れたことを純粋に悲しんでく

れているのか。

「森さんの泣き顔は可愛いな」

「うん」

「その顔、写真に撮っていい？」

「やだ」

「永遠に会いたくない？」

「寅井さんはノーメイクでも可愛いし、仕草も喋り方も全部大好きだった。言っていることが大人っぽいし、自分の頭で考えている。かなわないなって思ってた。オレにないものを持っているから、眩しかったんだな」

「そうか」

神田駅に着く直前に、ギュッと手を握り合った。手の形を覚えておこうと思い、私は森さんの指や爪をなぞった。これが社会なのだ。

ホームに降りた森さんは、後ろを向いて、ハンカチで顔を押さえた。スーツのポケットにいつも、アイロンを当てたハンカチを入れている男だ。

電車が動き出すとまた振り返り、必死に手を振ってくれた。まだ泣いている。私は最後まで笑っていた。

笑うお姫さま

（中国の故事に、幽王《ゆうおう》と褒姒《ほうじ》の、愛のエピソードがある）。

昔、ユーラシア大陸の右端に、小さな国があった。

その国の王には、すでに正妻と息子がいた。

だから、王が愛すべきはその二人と、そして国の民であったわけなのだが、よくあることで、新しい女を見つけると、恋に夢中になってしまった。

女は、身分が低く、背も低く、プライドだけが高い。

なよやかな肩から続く、骨のない腕、小さな手。足もミニマム、空豆三つ分ほど。

細い目は、相手を見据えるときだけカッと開かれる。王を前にしても物怖《ものお》じせず、堂々と顔を上げる。

他の女たちと一緒に身の回りの世話をしてくれていたその女の、手を、

「ずっと側《そば》にいて」

王はある日、ギュッと引っ張ったのだった。

毎晩、毎晩、一緒にいる。額の髪の生え方も、足の親指の形も、お互いに知り尽くした。


だが、王にはどうしてもわからないことがあった。

それは、女が笑わない理由である。

女は、決して笑顔を見せなかった。常に澄ました表情で、口角をピクリとも上げない。

「なんで笑わないの？」

王が聞く。

「可笑《おか》しいことなんて、ちっともないんですもの」

女は答える。

「できれば、笑って欲しいのだけど」

「どうしてですか？」

「君が笑うと、僕も嬉しいし」

「それはきっと、笑顔を見ると、相手に自分を受け入れてもらえたような錯覚が起きるからでしょう」

「と言うよりも、単純に、君が今の生活を『楽しい』と感じていてくれたらいいな、という願望なんだけど」

「嘘をおっしゃい。自分の力を相手に認めさせて、『女を楽しませられる自分』というものに酔いたいのでしょう」

女はツーンと澄ましたまま、指で石を弾いた。その石は王の足に当たった。

「いつか、僕が君を笑わせてみせる」

王は片手で足を擦《さす》りながら、もう片方の手を天にかざして誓う。

「お好きなように」

女はプイッと横を向いて、出窓の縁《ふち》に腰かける。逆光の横顔が美しい。

王は楽団を呼んで、演奏をさせた。八人の楽士《がくし》たちが、各々の楽器を奏でる。

果実酒を飲んで陶然となった王が隣りを見ると、女はつまらなそうにイヤリングをいじっていた。

「こういうのを聴いていると、気分が高揚しない？」

王が聞く。

「しません」

女は答える。

「もっと、リラックスしないといけないよ。生《せい》を楽しまないとね」

「自分の価値観を他人に押し付けるなんて下衆《げす》のやることですよ」

「心を緩和させようとすることが、押し付けだって言うの？」

「みんながみんな、気持ちを緩めたいと思っているわけではないんです。人それぞれなんです」

「リラックスっていうのは、動物でもやっていることなんだよ」

「無理矢理にハートを開かせられるほど、嫌なことってないですわ」

女はスッと立ち上がると、そのまま広間を出て、閨房《けいぼう》に入ってしまった。

王は楽士たちに金を遣ると、自分も女のあとを追いかけた。

冷たい女だが、性交の最中だけ体がフワッと熱くなる。だから王は、どんなに邪険にされたって、女から離れたくないのだ。

今度は劇団を呼んで、芝居をさせた。

王は、蝮《まむし》の入った酒の杯を飲み干して、赤い顔を隣りに向ける。女はやはり、ムスッとしていた。

みんなが笑うと、人はつられて笑うものである。

だから、王は家来たちに、笑うようにしきりに命令した。

しかし、家来たちがどんなに笑い声を上げても、女は引きずられない。

「女の人は、笑った方がいいよ」

王が促す。

「ばかみたいです」

女は言う。

「せっかく、美人なのに」

「そんなに『笑顔の女』が好きなんだったら、後宮に溢れるほどいますから、私ではない他の女を連れてくる方が早いですよ。他の女は、キャーキャー笑いますよ」

「そうではなくて……。好きな女に笑って欲しいものなんだ」

「私のことが好き？」

「うん」

「だったら、私が何を可笑しがるのか、それくらい推察できそうなものなのに」

「うん。もっと考えてみよう。こっちを向いて」

「はい」

「何が好きなんだろう。何を求めてるんだろう」

望みを探るように、王は女の体のあちらこちらを押したり引っ張ったりしてみた。女は思わせぶりな目つきで、それをはぐらかすのだった。

王は、正妻と息子を追い出してしまった。正妻は強力な豪族の娘なのだが、今や女の気持ちに関することにしか、王の興味は向かない。政治は宰相に任せたままで、国の動向なんてものは、王の頭の埒外《らちがい》だ。

正妻は泣きながら、息子を連れて、実家へ帰っていった。

そして、王は、女を皇后に据えた。

「どう？　位を極めた気持ちは？」

王は聞く。

「私の努力によることじゃ、ありませんから」

女は首を振る。

「君の魅力のなせる業だよ」

「王が私を好きになったのは、偶然でしょ？」

「笑うべきだ」

「笑うべき？」

「あはははは」

王が笑って見せると、

「アハハハ」

言葉通りに真似ただけで、女はやはり、少しも笑わなかった。

「どうしたら笑ってくれるのかな？」

「うーん」

「あ、思いついた」

王は布団をはねのけて起き上がった。

女は気だるく、枕の上で前髪を直しながら、聞く。

「なんですの？」

王は、そのまま廊下を走っていき、家来に命じて、ノロシを上げさせた。

一筋の灰色の煙が、青空に吸い込まれていく。

このノロシは、「王の非常時だ」という合図であった。この煙を見た諸侯たちが、すぐに王の救助のために城へ集まるシステムになっている。

女は欠伸《あくび》しながら、そのノロシを窓から眺めていた。

王が寝室に戻ってきて、

「高台から、眺めよう」

と誘い、女の手を取ると、走り出した。

城の廊下を走る王と女を、家来たちは見送りながら、

「あの女は、国を駄目にする」

と囁《ささや》き合ったが、誰も進言しようとしなかった。


物見やぐらで二人、首都の街並みを見下ろした。物売りの声や、物乞いの声が聞こえる。人々の小さな営み。

しばらくすると、兜《かぶと》をかぶり、甲冑《かっちゅう》を着けた諸侯たちが、馬に乗り、家来を従えて、方々から集まってきた。そして、何事も起きていない、いつも通りの城内を見て、きょとんとした。

「王の一大事ではないのか」

「一体、何があったんだ」

バタバタしている諸侯たちを見て、

「うふふ」

女が笑った。

「あ、笑った」

天にも昇るような気持ちで、王はその笑顔を目の裏に焼きつけた。

「私、『可笑しさ』というのがなんであるのか、やっとわかりましたわ。ふふ」

「嬉しい」

「あの人たち、なんて可愛らしいんでしょう。きょときょとしている。王を探しているのね。一番乗りを目指して、勇んでやってきて、高名を挙げたいのね。でも、本当はなんの事件も起きていないんだわ。うふふ」

女が腹を抱えて笑うので、王はすっかり上機嫌になった。

「君が笑うと、僕も楽しくなる」

「そう？」


その後、王は政治からどんどん遠ざかって、女の機嫌取りばかりに熱中するようになった。「ノロシで笑う」とわかった今や、王は我慢できない。

何度も、何度も、ノロシを上げてしまう。女はそれを見て笑う。

初めのうちは集まっていた諸侯たちも、繰り返しだまされれば、ばからしくなる。だんだんとノロシを見ても集まらなくなっていった。

ある日、元の正妻の、父親が攻めてきた。王はノロシを上げて、諸侯に助けを求めた。

しかし、もちろん諸侯はひとりも集まらなかった。

「どうやら、僕はもう終わりらしい」

王は自嘲気味に、物見やぐらの上で笑った。

「いつの間にか私以外の仲間を失っていた、ってことね」

女は言った。

「でも、君が笑ってくれたから」

「じゃあ、いい人生でした？」

「そうだな。女のために堕《お》ちるのは悪くない」

「私は、みんなから散々に言われていますけれど。『王を駄目にしたのはあの女だ』って」

「気にすることはないさ。僕は、いい女だって思ってるんだから」

「ひとりの男に『いい女』と思われたら、それで満足した方がいいのかしら」

「そうだろう」

「ふうん」

「僕は自害しようと思う」

「え？」

「殺されるなんて、屈辱だ。一緒に服毒自殺をしよう。ほら、もう、あそこに、敵が来ている」

王は、丸薬《がんやく》を二粒、ポケットから取り出すと、ひと粒を女の手の上に載せ、もうひと粒を自分の口に入れて、飲み込んだ。

「私は最後まで生きます」

女は、もらった丸薬を、敵に向かって放り投げた。

「あ」

王は、驚いて女を見た。

「さようなら」

女は、力をなくしていく王を抱きしめながら、最後の挨拶をした。

「恥をかくことになるぞ」

王は、息絶え絶えに、女に最期の忠告をした。

「今更、私には恥ずかしいことなんて、ないわ」

女は断言した。

国は滅んだ。女はいろんな男にレイプされた上に、さらし首になった。

新たに建国された国には、元の正妻の息子が、王として君臨した。

首だけになった女は、道行く人々を眺めた。

人々は、血の抜けた女の顔を指さして、「怖い女だ」「男を堕落させる、ファム・ファタルだ」と揶揄《やゆ》して通り過ぎる。

女は、ばからしくなった。

男が恋に夢中になったとき、「女が悪い」と、群衆は安易にののしる。

女が悪いものですか。

勝手に好きになって、よく笑うことが美徳だと押し付けて、しつこくしつこく、まるでストーカーだったのに、社会的な立場が「王」だったというだけで、「女に駄目にされた」というストーリーが仕立て上げられて、後世まで伝えられていくのだ。

女がパチリとまばたきすると、涙がこぼれ落ちた。

首を切られても死ななかったようだ。

女は泣き続けた。「私のライフ・ワークが、『王の前で笑うこと』だけだったなんて、むなしいったら。泣けるわ」。変な人生。

ひと粒、ひと粒が、虹色に光った。

その粒は顔に貼り付いて、ウロコになった。

首の切り口から、体が湧き出た。

しかしその体は、人間の体ではなくて、龍の体だった。

にょろにょろと胴体が伸びて、前足、後ろ足が、脇からちょろちょろっと出た。しっぽを動かすと、フワリと体が浮いた。

雲の中にいる。

さっきまで、幼い頃の記憶が、女にはなかった。気がついたら、王に手を引っ張られていたのだ。

しかし、今、ようやく思い出した。

女はもともと、龍なのだった。

胎生ではなく、卵生で、この世に生まれた。

だから親の顔は見たことがない。卵を割って、草むらに出て、それからは必死で生きてきた。

ストリート・チルドレンに交ざって、かっぱらいのようなことをやりながら、成長をした。

十二歳になったとき、通りすがりの役人が「美人だから」と城内に連れていった。でも、「美人」なんてものは、化けた姿でしかないのだ。

女の本性は龍なのだ。

呵呵呵。

女が笑うと、雷が鳴った。

わけもなく走りたくなる

1

私は昔、狩りをしていたことがある。昔々、パソコンもビルも信号機もなかった頃、まだ「国」なんて概念はなくて、自分の周りの人のことを、「仲間」としか思っていなかった。

私は、麻の布に穴を空けただけの服をかぶって、ウエストを縄でマークしていた。裸足で走り、砂を蹴飛ばし、睫毛《まつげ》で太陽光線を弾いていた。目はどこまでも伸びるから、波間をたゆたう海藻も、カモメの脇の下の羽毛も、雲の峡谷《きょうこく》も、全部見えていた。

腹が減ったら、木によじ登る。椰子《やし》の実をもぎ取って刀で割り、果汁を飲み干す。それから、弓を構えて矢を放つ。捕らえた兎を背負って、家に帰る。お父さんに火をおこしてもらい、焼いて食べる。次の日、お兄ちゃんに舟を出してもらい、ちょうどいいところで、水面へ飛び込む。岩陰にひそむ赤い魚を発見したら、モリで突き刺す。私はピュッと水を吐き出して舟に上がり、魚を見せる。小舟はがたがた揺れる。空が真っ青だから、水平線は曖昧。お兄ちゃんがさばいてくれる。私はヒラリと、刺身を口に放った。

2

しかしある日、走って走って、兎を追い越して走り続けても、足が止まらなくなった。海に飛び込み、泳いで泳いで、魚に目もくれずに泳ぎ続けても、水泳欲が収まらなくなった。

実をもぐためではなく木登りをして、てっぺんに座る。走っても、泳いでも、登っても充足しない。生きる意味がわからないな。長い時間そこにいると、海に太陽がずぶずぶと沈んでいき、辺りが夕焼け色に染まり始めた。私の腕や顔も真っ赤になったとき、椰子の木の下を、私の家の隣りに住んでいるヤサカジくんが通りかかった。私よりひとつ年下の、「仲間」だ。狩りの帰りらしく、背中に弓と籠《かご》をしょっている。ヤサカジくんは、木の幹に背を付け、あぐらをかき、水筒を取り出した。ひと休みするつもりらしい。私に気がついたらいいな。ヤサカジくんが、「下りてきなよ」って言ってくれたら、下りよう。でも、ヤサカジくんは上にいる私に無頓着で、水をひと口飲んだら、また立ち上がり、歩き出した。あ、あ、行ってしまう。

「ヤサカジくーん」

私は呼んだ。すると、ヤサカジくんは振り返り、にっこり笑った。

「スズキさん、何やってんの？　一緒に帰ろうよ」

私はするすると椰子の木から滑り下りて、砂浜を蹴って、ヤサカジくんのところまで走った。

3

さて、現代の私は会社員をしている。入社一年目だ。狩りをしなくても飯が食べられるので、狩りはやめた。社会が整ったおかげで、事務仕事の対価によって、衣食住がまかなえる。私の仕事は残業が少なく、あっても一、二時間残るだけ。水曜日の退社後は、乗り換えする駅にあるジムへ行くことにしている。同じく水曜に通うことにしているらしい、ひとつ年上の沢村さんという男の人のことが、私は気になっている。半年前から顔見知りで、ときどき立ち話をする程度には、仲良くなってきた。

動くのは楽しい。強くなるためでもなく、痩《や》せるためでもなく、私はただ、ただ、ランニングをする。しかし、何回腕を上げ下げしても、ぐいぐい背筋を伸ばしても、満足ができない。なぜ動きたいのかわからないままに、とにかく体を動かし続ける。

4

汗をかいたあと、地下にあるシャワー室で体を洗い、二階の受付に寄るために、服を着てから更衣室を出た。廊下の途中で顔を上げると、沢村さんの後姿が見えた。私より少し前を歩いている。声をかけようかな。でも、なんだか勇気が出ない。タイミングを逸《いっ》した。そうこうするうちに、沢村さんが自動販売機の前で立ち止まり、財布を取り出した。ジュースを買うつもりのようだ。私はその背中の後ろを、素通りした。挨拶くらいしないと失礼なのに、あまりにドキドキしたものだから、挙動不審な人になってしまった。私は自分が嫌になりながらそのまま歩き、くるくると階段を上った。らせん状になっている階段の真ん中は、地下から三階までが吹き抜けになっている。

二階まで上がったものの、やはり気になって、階段の手すりからそっと顔を出して見下ろすと、ちょうど沢村さんが階段のステップに足を載せたところだった。たまらなくなって、

「沢村さーん」

と私は叫び、上から大げさに手を振ってみた。沢村さんは、にっこりして見上げてくれた。

「鈴木さん。ねえ、ジュース飲まない？　さっき自販機で自分の分を買ったら、『当たり』が出て、もう一本もらえたんだ」

片手で握った二本の缶ジュースを、沢村さんが見せてくれた。

「飲みまーす」

私は階段を駆け下りる。

昔から私は、変わっていない。ときどき、わけもなく走りたくなる。

お父さん大好き

「いたわり」という感覚が全ての人間に備わっているのは不思議だ。

落ち込んでいるときには必ず、周りの人から励まされる。

悩み事など決して相談しないような遠い相手から、急に優しくされるのだ。

さんさんとふりそそぐ日光のように。

出勤途中のプラットホームで、俺に向かって走ってくる人がいる。

「落としましたよ」

財布を渡される。黒い合皮の財布。レシートが大量に入れっぱなしになっており、膨《ふく》らんでいる。

「ありがとうございます」

慌ててお辞儀をし、受け取ると、六十歳前後と思われるその女性は、にっこりと笑った。

飲食系の仕事に就《つ》いているのだろうか。白髪まじりの髪をひっつめにして、ウィンドブレーカーを羽織り、その下で紺色の前掛けが見え隠れしている。エプロンを締めて出勤とは、駅の中の立ち食い蕎麦《そば》屋かなんかで働く人なのかもしれない。女性は、俺の列の最後尾へと下がっていった。

きっと、改札を抜けるときに落としてしまったものだ。それを拾って、届けてくれた。俺は自分の財布をビジネスバッグの内ポケットへ仕舞った。

落とし物を拾う。当たり前の行為のようでいて、尊《とうと》い。眩しい。泣きそうだ。心の傷にメンタームが塗られる。

人間は何故、他人のものを、拾うのか。

繋《つな》がるためではないだろうか。落ち込んでいる人に、優しさを分け与えるためではないだろうか。私は他人を受け入れますよ、と伝えるためではないだろうか。世界は寛容でできている。

一ヶ月前に妻が出奔した。別れることになるのだろうが、この三十日間、俺は何もせずにいつも通り、会社へ出かけているだけだ。以後、妻からの音沙汰はない。

俺は調査会社の業務部にいる。役職は課長代理。依頼を受けて、業績や評判、役員の経歴等を調べ、その情報を売る。主に繊維《せんい》関係の会社を扱っている。糸の卸問屋、布の製造メーカー、服の小売店など。調査対象の元へ出向いては、少しずつ話を聞き出す。

それが仕事だ。

　電車から降り、会社の入った雑居ビルへ向かう。

　道を歩いているときに、ふと立ち止まってしまう。ぼうっと考える。

　何のための人生なのだろうか。俺は今、入社二十二年目で、四十四歳。定年まで、あと十六年。この三十日間は、娘と二人暮らし。娘は、ユカリという。大学一年生の、十八歳だ。

　エレベーターで上がる七階フロアには、いつもシャンプーの匂い。これはどうしたことなのか。何の匂いなのか。女子社員の匂いなのか、あるいは給湯室の食器洗剤の匂いか、はたまたホルムアルデヒドの匂いか。

　擦れ違う人に「おはようございます」と挨拶しながら、業務部の島へと向かう。机に着く。

　ざっと新聞に目を通したあと、お茶を淹《い》れ、調査原稿を作り始める。集中が途切れると、意識は会社から彼方へと飛ぶ。

　心が自由でいられるのなら、俺はどんなブースに入っても平気だ。

　妻のことを考えると、足の、膝《ひざ》から下が消えてなくなるような、不安な気持ちになる。とても生きていけないような、胸が苦しくなるような心になり、カルシュームが全て溶けて、軟体動物になりそうだ。井戸が涸《か》れたような感じ。

しかし、たとえ妻に「死ねばいい」と思われているとしても、生き続けなければならない俺がいる。


どうして、古今東西のたくさんの人間がすでに悩み切ったことを、俺が改めて悩み直さなくてはならないのか。こんなことなら、全員で長生きすればいいのに。初めから、決まった数の人間が存在して、そのままみんなで成長し続けた方が、効率が良いはずなのに。古い老人が死に、新しい子どもが生まれて、また一からやり直すとは、世界のシステムはなんとばからしい。

そんなことを考えながら、調査原稿を三枚仕上げると、もう十二時になった。チャイムが聴こえる。

この会社は、朝と昼休みと終業時間に、チャイムが鳴るのだ。いわゆる、「キーンコーン・カーンコーン」という音である。

すると、少し離れた席に座っている牛久《うしく》さんという女性社員が、俺の席へ向かって歩いてきた。

「昼ごはんを、ご一緒しませんか？」

と声をかけてくる。牛久さんは入社二年目なので、二十四歳くらいか。童顔で黒い髪に地味なワンピースというでたちのせいで、見た目の年齢はそれよりも少しだけ低い。

「いいですよ」

俺は深く考えずに頷《うなず》きながらも、おかしな人だな、と思った。

牛久さんは、「ミウミウ」と読めるアルファベットの付いたグレーの財布を握り、コートを抱え、すたすたと迷いなく、エレベーター乗り場まで歩いていく。俺は自分の財布をポケットに入れて、あとを追った。ビルを出て、スクランブル交差点で、信号待ちをする。

赤塚不二夫《ふじお》が死んで、タモリは相変わらず「笑っていいとも」をやる。変化と不変。

鰯雲《いわしぐも》が下の方にさらさらとあり、上空は真っ青だった。

横断歩道を渡る。

前方から、おしゃれな男の子二人組が、手を繋いで歩いてきた。二人とも二十一、二歳くらい。学生だろうか。片方はモデルのような背格好で、カジュアルな服を着ている。もうひとりは朴訥《ぼくとつ》とした、真面目そうな青年で、地味な白シャツにジーンズ。恋人同士なのだろうか。こんな風に、男同士が手を繋いでいる風景を、初めて見た気がする。

日差しが眩しい。光を受けると、脳が高揚する。

駄目元で毎朝、近所の公園に行って、読書をしてから出社するようにしてみようか。朝日に当たりながら、文字列を目で追ってみるのだ。九十日間それをやっても、生き続ける気がしなかったら、自殺してもいい。しかしおそらく、生き続けたくなるだろう。

牛久さんが進むのに任せて、大通りを少し歩いてから右に曲がり、小路に入った。屋台風のタイ料理の店がある。

ウェイトレスが二人。象のプリントの付いた紺色のティーシャツを着て、腰にエプロンを巻いている。どちらもタイ人らしい。片言の日本語で、

「イラッシャイマセ。オフタリ？」

と聞いてくる。

「はい」

頷くと、席へ案内された。

俺たちの隣席の男女は、男が壁側のソファに座り、女が通路側の椅子に腰かけている。それを見て俺は、ほっとする。昔はなかったルールが、今はある。

近頃は、「女が奥」というレディファーストもどきの決まり事が日本に定着してしまっており、どこの店へ行っても、女が壁に、男が通路に、ズラリと並んでいる。それが苦しいことのように、俺には感じられていた。空間に、「女性と一緒に店へ入ったら、

上座に座らせろ」という無言の圧力がみなぎる。座り心地がものすごく違うというわけでもないのに、「男がソファに座っているのは『悪』」という雰囲気がある。女性にソファを譲るのは、窮屈なルールにしばられているだけなのに「俺には気遣いがあります」というような顔をするなんて、できない。

俺がぼんやりしていると、牛久さんが、

「どうぞ」

とソファを指さして、自分は椅子に腰かけた。そこで俺がソファに座った。

「タイ料理って、あんまり食べたことがないんです」

俺は言った。

「辛いもの、苦手ですか？」

牛久さんが聞く。

「好きです」

「パクチーは？」

「なんですか、それ。人の名？」

「違いますよ。……えーと、トム・ヤム・クンなんてどうですか？」

「人の名ですか？」

「料理名です。スープです」

「じゃあ、それ」

「シェアしましょうか？」

「はあ。……『シェア』とは？」

「三つくらい頼んで、分け合いしましょう」

「そうしましょう」

するとと、牛久さんはさっきのウェイトレスを呼んで、トム・ヤム・クンとカオ・マン・ガイとソムタムを注文した。

「私、女の子たちでいつも固まってるの、苦しいんです。どうして、男の人と気軽にランチに行ったらいけないんだろうと思って」

確かに、同性同士で仕事中の昼飯を食べる習慣は、俺にも理由がわからなかった。

「どうしてでしょうね」

「当たり前のように、女同士は誘い合うんですよ。一緒に、お弁当を広げるんです。しかも、派閥があるんですよ」

「へええ。大変ですねえ」

トム・ヤム・クンは、赤いスープだが、見た目ほどは辛くなく、むしろ酸っぱい。

「三時にお菓子を配んなくちゃいけないんです。なんとなくの順番があって、持ち回りでお菓子を買って持っていかなくちゃいけないんですよ。グループ内の女の子に配るんです。だから、『そろそろ自分の番かな？』という日は、あまり上等過ぎなくて、かと言ってつまらなくもない、まあまあおいしくて、小袋に入っていて分けやすい、そういうお菓子を用意していって、みんなに配らなくてはならない。そういう空気があるんです」

「ほほう。他の人にはあげないんですか？」

「何故か、グループ縛《しば》りがあるんです」

カオ・マン・ガイは、鶏肉のごはんだった。飯はべとべとしている。最近、外米の輸入が日本政府によって禁止されたらしく、タイ米でなくてコシヒカリなのだった。

「牛久さんって、山田くんと仲良しですよね？」

会話につまった俺は、そんなことを聞いてみた。

ときどき、牛久さんと山田くんが楽しそうに喋っている光景を見る。山田くんというのは営業部の入社八年目、三十歳前後の男性社員で、どういうわけか女性社員たちから嫌われていた。髪型や格好が、世間で言うところの「アキバ系」という感じがするからだろうか。それと、山田くんは他人と会話をするときに目を合わせることができないらしく、挙動不審に、どもりながら喋るところがある。「みんなといるときに、空気が読めない人」と思われているのかもしれなかった。

「山田さんって、とてもいい人ですよ」

と牛久さんが言う。

「俺もそう思いますよ。仕事が丁寧で、ミスが少ないんです」

「それに、ものすごく気を遣いながら、喋ってくれますよね」

「そうですね。彼は頑張っていますね」

「頑張っている人のことは応援しよう、って私、決めているんです」

「ほお」

ソムタムは、青パパイヤのサラダだった。干しエビやナッツが混ざっている。えらく辛い。

「ちょっとくらい気が合わない人でも、頑張っている人のことは応援しよう、って決めていて。だから、集りの中に、どんな人がいても、その人が頑張っている人だったら、私は、その人のこと応援しよう、って」

「なるほど」

「たとえば、サッカーをしていて、そのゲームがつまらないものだったとしても、そのチームワークが嫌な感じだったとしても、ボールが目の前にあれば、全力で蹴る、っていう。そういう人には、絶対、エールを送りたい。頑張っている人のこと、応援するんです」

「たとえその人がすごくぶさいくな人だとしても、調和を乱す人だとしても？」

「応援したい」

「牛久さんは、そう思うんですね」


食べ終わって、会計を済ませると、ウェイトレスが最後に、

「コープンカー」

とタイ語で挨拶をした。意味はわからなかったが、俺も、

「コープンカー」

と返した。ウェイトレスは笑いながら、

「マイペンライ」

と見送ってくれた。

店を出ても、まだ十二時半である。

「お茶、飲んでから戻りましょうよ」

と牛久さんが誘う。

「そうですね」

俺は頷いた。

「おしゃれなカフェで、いいですか？」

「はい」

そして、本当におしゃれなカフェに入っていくので、俺はまごついた。

白木のドアを押して入ると、手作り感に溢れるというか、北欧風がひしめくというか、とにかく「木」、そして「布」、という雰囲気で満ちている。

間接照明のみの、薄暗い店内である。

客は八割が女性だ。しかも主に若者である。隣りの席にだけ、年配の男性と女性の二人組が座っていた。共に八十歳前後だろうか。男は、細い首に黒いネクタイを締めている。女は、ふくよかな体を黒いツーピースで包んでいる。二人とも喪服なのだ。

この二人は、女が壁、男が通路に座っていた。そこで、俺も今回は椅子に腰かけた。牛久さんがソファに座った。

俺はコーヒーを注文し、牛久さんはチャイというものを頼んだ。

店内を眺めると、椅子の形がひとつひとつ違う。これがおしゃれということなのか。わざとワックスを塗っていないような、板の床。天井ではヨーロッパの映画に出てきそうな、華奢《きゃしゃ》なファンが回る。

テーブルの上には、三十シーシー程度しか水の入っていない、親指ほどの小瓶が置いてあり、その中に、道端で摘んできた雑草としか思えない葉っぱがささっていた。

「それ、どんな味なんですか？」

牛久さんが飲んでいるものを見ながら、聞いてみる。

「砂、みたいな……」

と教えてくれる。

「牛久さんは砂なんて食べたことがあるんですか？」

「いえ、ないんですけど」

「その飲み物、ざらざらするんですか？」

「うふふ。舌触りはなめらかです。そうじゃなくて、風味が……。埃《ほこり》っぽいというか、砂漠にいるような気分になります」

「ふうむ」

「食べたことのないものでも、『こんな味』って表現したくなることってないですか？」

「それは、あります。『この水、セメントの味がするなあ』とか、ですね。セメントを舐《な》めたことはないんですけどね」

「そうですよね。どうして、こういう比喩が思い浮かぶのでしょうねえ」

コーヒーは、おいしかった。

しばらくして、牛久さんがトイレに立ったときに、隣席の老人たちの会話が聞こえ始めた。

「まるで、あの世で会ったみたいですね」

喪服の二人は、おしゃれなカフェの中で浮いているが、声は、静かに流れるボサノバに馴染《なじ》んでいる。来し方行く末を話している。

「若葉《わかば》さん、ご兄弟は？」

と男が、女に尋ねる。

「私は、上に兄が三人、一番年の近い兄のケンが、一等可愛がってくれました。小さい私を、兄は守ってくれました。私は父から、『若葉は生まれたとき、本当に小さくて、僕の手の上に乗るくらいだったんだから。頭から足まで、片手のひらに乗ったんだ』って言われて育ちました。一キロの三分の一、三百グラムしかなくって、私、未熟児だったんです。それなのに大きくなれたから、良かったと思って。小さい私を見て親はどんな思いをしたんだろう、と考えると、普通に育つことができて、良かった」

二人の関係は不明だが、共通の知り合いを亡くし、葬式で何十年振りかで再会した、と推察できる。女の方にも、男の方にも、それぞれ配偶者がいるらしいが、来ていないので、おそらく亡くなったのは肉親ではないのだろう。二人して敬語を使い合い、お互いの生活のことをよく知らないようなので、友だち同士というわけでもないらしい。

二人の会話の中には「お医者さん」という言葉がしばしば登場する。「大学の同窓の……」「何々先生の病院で……」。病院関係の知り合いだろうか。たとえば、医大の学生時代の友だちの妹、といったところかもしれない。

「こんな風に再会できるとは思ってもみませんでした」

「私も、滅多に東京へは出てきませんから」

「若葉さん、お子さんは？」

「二人とも息子です。もう出ていきました。今は主人と二人きりです」

「私も家内と二人の、わびしい暮らしです。娘は北海道にいます」

「なんだか、死んでから会ったような気がしますわ」

「本当だなあ。まるで、花畑の中でぼんやりと話しているような気分ですよ。今日、お会いできて、良かった」

「ええ。次にいつ会えるかわかりませんものね」

「きっと、本当に天国で会うことになるでしょう」

「私のこと、おわかりになるかしら」

「もちろん、わかります。すぐに声をおかけします。『若葉さん、お茶でもいかがでしょう？』と、さっきのように。若葉さんは、昔から、ちっとも顔が変わらない」

「まあ。よぼよぼですのよ」

「いや。変わっていない」

「恥ずかしいですわね」

「あの世でお茶に誘ったら、またご一緒できますか？」

「ええ。私の方が先に行きそうですから、待っています」

「いいえ、僕の方が早いでしょう。席をとっておきますよ。こんな風な、おしゃれな喫茶店でも構いませんか？」

「ここ、私たちぐらいの年の者は、少し気後れしますわ。黄泉《よみ》では、もう少し地味な店にしましょう」

　そこへ、牛久さんが戻ってきた。

「お待たせしました。行きましょうか？」

　時計を見ると、十二時五十五分である。

「あ、昼休み、終わりますね」

「急がなくちゃ」

「まあ、のんびりでいいでしょう」

　俺が会計をした。

　外に出たときに、「生まれた」と感じる。「『見える』って何？」とも。

　カフェの薄暗さに目が馴染んでいたのだろう。真っ昼間の太陽は、あまりにも刺激的だ。

スクランブル交差点を渡るときに、娘のユカリに似ている人を見かけた。すぐに人波に紛《まぎ》れて見えなくなってしまったが、俺の脳内で、ユカリの影がゆらゆらと揺れた。

急にユカリが元気かどうかが気になってきた。事故に遭ったりしていないだろうか、病気になって倒れたりしていないだろうか。

太陽、寺、漠然とした神様、頼む、と、心の中でおどけて祈る。

エレベーターで七階まで上がり、牛久さんと別れ、トイレに寄った。用を足したあとに、「大丈夫か?」とユカリへケータイメールを送った。すぐに返信があり、「なんなの?」と書いてあった。ほっとして俺は、そのままケータイをポケットに仕舞い、自分の机へ戻り、午後の仕事を始めた。

四時に、小川町にある、中国人のやっている会社へ出かけた。歩ける距離なので、マピオンの地図をプリントアウトし、それを見ながらてくてく行く。

会社は、マンションの一室にあった。

「ドウゾ」

社長は、ものすごく美人な中国人だ。四十歳前後だろうか。奇麗な人と部屋に二人きりになるのは、どうにも緊張する。

この会社は、ネット販売のみの、婦人服小売店で、部屋には、パソコンがポツンとあり、あとはハンガーにかかった在庫がズラリと並んでいるだけの殺風景さだ。

「こちらの会社へ調査依頼がありまして、差しさわりのない範囲で、質問にお答えいただきたいのですが」

「依頼って、どちらの方からカシラ？」

「基本的に依頼主はお伝えできない規則になっておりまして」

「アラ」

俺は、質問を始める。ここ何年かの売上や、設立までのあらまし、取引先などを、少しずつ聞き出す。

社長は、売上を水増ししながらも数字を教えてくれ、沿革についてところどころに嘘をはさみながらも丁寧に答えてくれた。

「ありがとうございました」

俺が礼を言うと、社長は、ふう、とため息をついたあと、

「本当は、なかなか上手くいってないんです。商売って、難しい。特に、私みたいな、ガイジンには」

とこぼした。

「おひとりでやるのは、大変でしょうね」

俺は、その愚痴にひと通りつき合ってから、教えられる範囲での、この業界の情報を

伝えながら、なぐさめた。

最後に、

「他人に信用してもらうということは、本当に難しいことデスネ」

と社長が言った。

「そうですね。少しずつ、信頼をかちえていくしかないですよね。地道な努力でしか信頼関係は築けませんよね」

と俺は頷いた。

そして、再び礼を言ってから、来た道を戻る。

すると、会社の入っている雑居ビルが光っていた。

ビルの壁面が夕日に照らされており、このビル内で働いている人の全てが祝福されているとわかるのだ。

しばらく雑務をこなすうちに、煙草を吸いたくなった。このビル内には喫煙所がないので、喫煙者はビルの外へ出る。裏口を出たところに、灰皿が置いてある。路地沿いに、缶ジュースと煙草の自動販売機が並んでいる。空はすでに、夜の色である。

ポケットからマイルドセブンを出し、火をつける。ヘビースモーカーではないが、一日に半箱は空ける。

しばらくすると、三十代の女性がマルボロ・ライト・メンソールを、五十代の男性がキャビンを吸い始めた。二人とも俺の会社の人ではないが、このビル内で働いているのに違いない。女性はベージュのスーツ、男性はグレーの背広を着ている。それぞれ、別々の会社のアイ・ディー・カードを首から下げていた。

三人で煙を吐き出した。

吸殻を捨てたあと、ついでに缶コーヒーを飲もうと考え、財布から百円を出そうとした。そのとき、手が滑《すべ》り、コインが道路に落ちた。くるくると縦に回転しながら、自動販売機の下に入ってしまった。

「あ」

と大声を上げたのは、五十代の男性だ。

「はは。百円だから、まあいいでしょう」

俺が照れ笑いすると、

「いや、諦《あきら》めるのは、まだ早いですよ」

と女性が言い、ミニスカートが捲《めく》れるのもいとわずに道路に屈《かが》み、頬を地面にくっ付けて、暗い隙間に目を凝《こ》らした。

「ありますか？」

男性も近寄っていき、女性に尋ねる。

「見えます。銀色の丸いものが。でも、奥に行っちゃってるなあ」

女性は片目を瞑《つむ》りながら答えた。

「まあ、なかなか取れないでしょう。諦めますよ」

俺が言うと、

「いいえ、大丈夫。取れますよ。棒、持ってないですか？」

女性は諦めない。

「これなんか、どうでしょう？」

男性が針がねのような細い棒を拾ってきて、女性に渡した。

女性はそれを受け取ると、隙間に差し込んで動かし、

「これ、しなり過ぎるので、取りにくいです。もっと硬い棒はないですか？」

と聞く。

「しかし、まあ、百円なので、もういいですよ」

俺は止めたが、

「これでは無理ですかねえ」

男性がブラインドの破片のような、金属製のヘラ状のものを拾ってきた。

女性はそれを受け取って、そろりそろりと地面に這《は》わせ、

「あ、取れそう、取れそう」

とつぶやいた。

「頑張れ」

男性が応援する。

「うわ、出てきた」

女性がそう言うなり、スス－ッと百円玉が、表へ飛び出してきた。

「やった」

なぜか、男性がガッツポーズをする。

女性はスカートをはたきながら立ち上がり、

「はい、どうぞ」

百円玉を渡してくれた。

「ありがとうございます。本当に」

俺は二人に頭を下げると、硬貨を握ったまま、ビル内に戻った。恥ずかしくなって、もう缶コーヒーは買えそうになかった。

自分のレゾン・デートルのために他人が必要なのだろうか。いや、違う。人間は、交情し合いたいだけなのだ。

七時過ぎに会社を出た。

家に帰ると、娘のユカリがダイニングテーブルで頬づえをついていた。ツムジ辺りで結わいているポニーテールの、毛先が指先にかかっている。パーカのフードが裏返っており、首の後ろが膨らんでいる。

「ユカリちゃん、ただいま」

と声をかけると、

「おかえり、征夫《いくお》さん」

と黒目だけでこちらを見て、口角を一瞬だけ上げた。ユカリは俺を、征夫さんと呼ぶ。

「着替えてくる」

俺が通り過ぎようとすると、

「ごはん、あったためとくね」

ユカリは椅子からぴょんと立ち上がった。

「うん」

そして、自分の部屋にしている和室へ入り、するするとネクタイを外し、スウェットを着た。

随分と畳替えをしていないので、イグサはベージュ色である。障子は、破れたところにセロハン・テープが貼ってある。

ダイニングへ戻ると、ユカリが味噌汁をよそっているところだった。ジーンズで動き回る足はひょこひょこしている。この娘はどうも、子どものときから動き方が変だった。

「じゃあ、俺はごはんをよそうから」

達磨《だるま》模様の茶碗と、兎模様の茶碗に、こんもりと、できるだけおいしそうに、白飯を盛る。台所の天井には、電灯が二つ付いているのだが、片方は切れてしまっており、面倒なために放ったまま、一年が経つ。薄暗い中、ユカリが、鰆《さわら》の西京漬けの皿と、切り干し大根の煮物の小皿と、ほうれん草のお浸しの小鉢を、テーブルにことりことりと置き、

「いただきまーす」

と言いながら、箸を渡してきた。それを受け取り、

「いただきます」

と俺は手を合わせた。

「おいしいかな？」

「今日はサークルじゃなかったのか？」

と尋ねると、

「水、土、だけだよ」

ユカリは魚の骨を皿の縁に寄せながら答える。

「授業は？」

「今日は、二、三、四限があった」

「そう」

おかずは全て薄味だった。関東出身の俺は濃い味が好きだが、九州出身の妻の料理は基本的に薄い味つけだ。ユカリの作るものは、妻以上に薄味になっていた。

「お昼に寄こしてきた、あのおかしなメール、何？」

「会社の近くの道で、ユカリちゃんに似た顔の人と擦れ違ったんだ。それだけ」

「だからって、『大丈夫か？』って、何、あれ？」

「ユカリちゃん元気かな、と思ったから。気になったから」

「元気に決まってるじゃん。朝、会ったじゃん」

「事故に遭ってたら困るから」

「遭うわけないよ」

「夕飯、作るの大変じゃない？」

俺がエノキの味噌汁を飲むと、

「全然」

ユカリは答えた。

「そういえば、キューちゃん、引退するんだってね」

キューちゃんというあだ名のマラソン選手が現役を退く。そういうニュースが話題になっていた。

「私、ショック」

ユカリが俯《うつむ》く。

「なんで？」

「引退なんて、ショックじゃん」

「でも、キューちゃんはもう充分に頑張ったからなあ」

「だけど、やめちゃうなんて、がっかりじゃん」

「ここまで頑張った人は、現役を退いたあとだって、引く手あまただよ。コメンテーターとしてだって、コーチとしてだって、需要があるよ。講演会なんかの依頼もたくさん来るだろうしね」

「ふうん」

ユカリは納得しない顔で、沢庵《たくあん》をこりこりと噛む。

「潮時を見極めるのは、重要な仕事なんだ」

「へえ」

「ちゃんとやめられる人は、かっこいいんだよ」

「そうなんだ」

ちなみにユカリは、俺と妻の娘であるのだが、俺とは血が繋がっていない。俺がユカリに初めて会ったのは、ユカリが五歳のときだった。

食べ終わったあとは、二人で皿を洗い、それから俺が先に風呂へ入った。

風呂あがりに、和室で寝転がりながら新聞を読んでいると、

「征夫さん」

と庭から呼ぶ声がする。

「何」

と怒鳴ると、

「見て。大きい月」

とユカリが怒鳴り返してくる。

「いいよ」

俺は面倒だった。

「なんで。見た方がいいよ」

ユカリが大きな声を出す。

「疲れるから」

俺は目を閉じて返事をするが、

「なんで。月は見た方がいいよ」

ユカリは誘い続ける。

しつこいので、いやいや起き上がり、掃き出し窓を開け、つっかけを履いた。

パーカの上に半纏《はんてん》を羽織ったユカリが、庭の真ん中に立って、空を指さした。

「ほら。月」

まるで平安時代のように大きくて白い月があった。確かに、驚いた。しかし、

「はい。見た見た」

俺は適当に言って、目を伏せた。

「なんで、月って、大きい夜と、小さい夜とが、あるんだろう？」

ユカリが疑問をぶつけてくる。ユカリは一心に月を見つめながら、白い息を吐いて、
黒い夜空を温めていく。

「なんでだろうなあ。大気がレンズになっているのかなあ。レンズが分厚い夜と、薄い夜とが、あるのかなあ」

俺はぼんやりと答えた。なるほど、毎夜、月の直径が変化する訳は謎だ。

「なんで、なんで」

子どものように、ユカリが繰り返す。

「なんでだろうなあ」

そう言って、寒くなってきた俺は、つっかけを脱いで、部屋に上がろうとした。すると、

「お父さん大好き」

ユカリが、俺の背中に向かって、囁いた。

俺は何故だか返事ができなくて、喉が凍りつき、振り返ってニヤリと笑ってやるのがやっとで、すぐに和室へ戻った。

そのまま布団に潜り込む。

床の間には、掛け軸が掛かっている。

滝の絵。流しそうめんのような白い滝。リアリズムには向かっていないのに、「俺にもこんな風に水の動きが見えるときがあるぞ」と見ている側に思わせる水。お伽《とぎ》話に出てくる巨人が、ぼとぼとと泥を落として作ったような山々。

水が流れ落ちるように、人の気持ちも、関係も、納まる先で、形が作られる。

毎晩、なかなか眠ることができない。

しかし、生きているだけで、えらい。

生きているだけで、

「自殺することに、反対です」

というシュプレヒコールをあげていることになる。


毎朝、目覚めるだけで、表現になる。

「俺は、この世に生きています」

それを体中が叫んでいる。「まだ、生きたい」「世界を、味わいたい」。

まばたきするだけで、世界を受け取れる。

家族の問題や仕事の人間関係、おかしくなっているときでも、毎朝の空気を鼻で受け、瞼《まぶた》に日差しを載せ、指で布団を触ることができる。

生きているだけで、えらい。

俺は、生き続けるだけで、えらい。

朝というものは、絶対的に美しい。

「おじさん」と「少女」の論理と倫理

川村湊

「おじさん」のアントニム（反意語）は、何だろうか。「おばさん」？　それはシノニム（同義語）だ。

「おじさん」のアントニムは、たぶん「少女」、もしくは「若い娘」ということではないだろうか。ロリータ・コンプレックスという言葉がある。ウラジミール・ナボコフの名作『ロリータ』に根拠を持つこの言葉は、日本では「ロリコン」と短縮化されて、「マザコン」とか「シネコン」とかの現代風の簡便な概念として流通している。しかし、本来は「おじさん」と「少女」という、人類史の深層に潜む二つの〝対立物〟の葛藤や抗争に由来しているのである。「神」と「悪魔」のように、「男」と「女」のように。

山崎ナオコーラ著の本書に収録されている四編（「手」「笑うお姫さま」「わけもなく走りたくなる」「お父さん大好き」）は、「おじさん」と「少女」（というには、いささかトウが立っている気配もあるが）との、本質的な差異に根ざした〝関わり〟に目を向けている。普通、「おじさん」と「少女」は、折り合わず、互いに関わりを持たない。「おじさん」は、若い娘（女の子）に興味を持たないわけではないが、まるで〝自分の娘〟のような年頃の女の子に興味を持ったり、近づいたりすることは、現代社会では厳しくタブーとされている。うっかり、赤ん坊の柔肌に触れるようなつもりで、「女の子」の胸やお尻に手を触れることは御法度である。凄まじい批判と譴責《けんせき》が待ち構えている。「おじさん」が、もっとも大事にしている社会的地位や、これまでに築いてきた名誉も人格も、見栄も外聞も、一瞬のうちに崩壊する。たかだか、迷惑行為という、条例違反でしかない「痴漢行為」の現行犯として。

だから、「おじさん」にとって、「女の子」は鬼門である。『ロリータ』という小説を読んで気を紛らわせるか（紛らわせられるはずもないが）、ロリコン専門のフーゾク（そんな風俗店もあるらしい）に行くかしかないのである。

しかし、山崎ナオコーラの小説の主人公たちは、こんな「おじさん」たちに（表面上は）滅法《めっぽう》、優しい。『手』の「サワちゃん」は、五十八歳の、ハゲの進んだ「大河内さん」に、胸を触らせるし、手もつなぐ。二人で示し合わせて京都へ行き、いっしょに京都の寺社を見物し、いっしょの宿にも泊まる（セックスはなかったようだけど）。二十五歳の「女の子」が、援助交際でもなさそうな、こんな「おじさん」との関係に深入りしてゆくとは、普通は考えられない。しかも、それは口先だけの「おじさん好き」ではなさそうだ。「おじさん」の持っている金や権威、利便さや知識を利用して、自分の欲得の満足のために手段として用いるということはありえるだろう（それでも「おじさん」は、嬉しいのだが）。

しかし、「ハッピーおじさんコレクション」を、ネット上で公開している「サワちゃん」は、そうした現世利益のために、「おじさん」を利用しているわけではないのだ。

それは、『ロリータ』の主人公ハンバート・ハンバートが、年若いロリータ（最初の出会いは、彼女が十二歳の時）に、いかに邪険にされても、しつこく追い回すように、欲得を離れた絶対的な〝奉仕（召命《しょうめい》）〟のようなものだ。それは、一種のマゾヒズムのような、崇高な奉仕精神であるかもしれない。

もちろん、彼女はそんな使命感など自覚していない。「ハッピーおじさんコレクション」が、ネット上で炎上しそうになると、彼女はあっさりとそのサイトを閉じてしまうし、そのサイトにアクセスしたのが、当の「おじさん」たちかどうかも、斟酌《しんしゃく》しない。ただ、彼女は自分のためだけにそうしたサイトを立ち上げたのであり、それが面白いからそうしたまでのことだ。

しかし、そこには、何か過剰なものがある。「可愛い」ものは、日本中にいくらでもある。そのなかで、わざわざ「おじさん」を「可愛い」というのは、ちょっと特殊な感性を持った「女の子」たちではないだろうか。「おじさん」たちは、「ダサく」て、「ウザッたく」て、「臭く」て、「汚く」て、「鼻をつまみたく」なるものだ。それは「おじさん」自身が自覚している。「おじさんは可愛い」というのは、反語的であるというよりも、侮辱的であり、倒錯的であって、それが彼女たちの本心であるとは到底思えない。だが、もしそれが〝本当〟であるとすれば……。

本心をいえば、「おじさん」にとって、「女の子」は〝気味が悪い〟。月の満ち欠けによって体のなかから血を流すことも〝気味が悪い〟し（サワちゃんのように、風呂場で鼻血を流したりするのも）、「おじさんは可愛い」といって、大人をコケにしたような態度を取るのも、その〝本音〟がうかがいしれなくて、〝気味が悪い〟のである。たぶん、蛙が、自分よりも体の小さい蛇と出会った時のような気持ちに近いのではないか。単純に怖ろしいのとも違う。自分と対立的な生き物に対する〝不安〟のようなものだろうか。「生」の不安。それはいつでも直接的に「死」につながる。

田山花袋《かたい》の小説に『少女病』という短編作品があるが、〝少女病〟に罹《かか》った主人公は、電車を乗り損ねて轢死《れきし》してしまうのである。日本のロリコン作家第一号ともいえる田山花袋の小説に、私は「少女」は、「おじさん（『少女病』の主人公は、それほど「おじさん」ではないのだが）」に死をもたらす存在として、〝不安〟な〝気味の悪い〟ものといえるのである。

娘にとって父親とは一体、何だろうか。私にはそれは〝余計物〟としか思えない。

「生」に必要なものは、女性はすべて母親から受け継ぐ。父親は、余計なものであり、ある意味では贅沢なものであり、余裕、余暇としての「知（智）性」的なものである（これは、女性が知的ではないということをいっているのではない——念のため）。余裕が、余暇が生じるから、人間は本を読み、動物園や水族館や、お寺や神社に行く。「女の子」にとって父親は、余計なものである。生きていることの本質に関わらないものなのだ。

だが、だからこそ、そこから知的なものや、道徳や倫理、論理や観念や概念といったものが生まれてくる。山崎ナオコーラの小説が、実はとても論理的で、ある意味ではきわめて倫理的で、道徳的、あるいは哲学的であるのは、こうした「生」の本質以上の過剰なものを、彼女の小説が抱えているからである。

山崎ナオコーラといっしょに北京を旅したことがある（もちろん、二人きりではなく、みんなといっしょだ）。その時に、奈良美智《よしとも》の絵に出てくるような「女の子」が、何かにらみつけるような、挑戦的な目でこっちを見ているなという感覚があった。しばらくして、私との間で論戦的なやりとりがあったあとで、彼女に会ったら、とても綺麗で、可愛くなっていることに驚いた。彼女は、自分の文学の本領を見つけ出したのだなと思った（それまでは文学賞の〝無冠の帝王〔女帝〕〟として鬱屈していたところがあったのかもしれない）。

『論理と感性は相反しない』や『この世は二人組ではできあがらない』といったタイトルの作品を読んで、論理や倫理のような〝余計なもの〟をたくさん抱えてしまった彼女の小説は、これからますます「女の子」離れして、いわば「おじさん」化してゆくのではないだろうか。もちろん、これは「おやじギャル」化するということではない。論理や思想といった〝余計なもの〟を多く抱えてしまうということであり、彼女の小説はますます思弁化し、知性化してゆくということである。

心配することはない。「女の子的（女性的）な可愛さ」と「おじさん的思弁（論理）」とは、相反しないのである。

（文芸評論家・法政大学国際文化学部教授）

初出誌
手「文學界」２００８年12月号
笑うお姫さま「よむ花椿」２００８年10月号「女が笑うまでの物語」を改題
わけもなく走りたくなる「Ｍ　ｇｉｒｌ　流行通信増刊号」２００８年春夏版
お父さん大好き　書き下ろし

単行本　２００９年1月　文藝春秋刊

文春文庫

お父《とう》さん大《だい》好《す》き

定価はカバーに表示してあります

2013年3月10日　第1刷

著　者　山崎《やまざき》ナオコーラ
発行者　羽鳥好之
発行所　株式会社　文藝春秋

東京都千代田区紀尾井町 3-23　〒102-8008
TEL　03・3265・1211
文藝春秋ホームページ　http://www.bunshun.co.jp
落丁、乱丁本は、お手数ですが小社製作部宛お送り下さい。送料小社負担でお取替致します。

印刷・大日本印刷　製本・加藤製本
Printed in Japan
ISBN978-4-16-783848-5

（　）内は解説者。品切の節はご容赦下さい。

楊《ヤン》 逸《イー》
ワンちゃん
王愛勤とワンちゃんは、オンナ好きの前夫に愛想を尽かして四国へ嫁ぐ。姑の面倒をみつつ、中国へのお見合いツアーを仕切るのだが――。中国人芥川賞作家によるデビュー作。
や-48-1

楊 逸
時が滲《にじ》む朝
梁浩遠と謝志強。2人の中国人大学生の成長を通して、現代中国と日本を描ききった衝撃の芥川賞受賞作。天安門事件前夜から北京五輪前夜まで、中国民主化を志した若者の青春と挫折。
や-48-2

柳 美里（ユウミリ）
フルハウス
本物になりたいけどなれないニセモノ家族の奮闘を描く表題作と、不倫の顚末をコミカルに描く「もやし」。芥川賞作家の初期力作二篇。泉鏡花文学賞・野間文芸新人賞受賞作。（山本直樹）
ゆ-4-1

湯本香樹実《かずみ》
西日の町
十歳の僕が母と身を寄せ合うアパートへ、ふらりと「てこじい」が現われた。無頼の限りを尽くした祖父の秘密、若い母の迷いと哀しみをみずみずしいタッチで描いた感動作。（なだいなだ）
ゆ-7-1

吉田修一
最後の息子
オカマと同棲して気楽な日々を過ごす「ぼく」のビデオ日記に残されていた映像とは……。爽快感200％、とってもキュートな青春小説。第84回文學界新人賞受賞作。「破片」「Water」併録。
よ-19-1

吉田修一
パーク・ライフ
日比谷公園で偶然にも再会したのは、ぼくが地下鉄で話しかけてしまった女性だった。なんとなく見えていた東京の景色が、せつないほどリアルに動き始める。芥川賞を受賞した傑作小説。
よ-19-3

吉田修一
春、バーニーズで
昔一緒に暮らしていた人と偶然出会う。日常のふとした時に流れ出す、選ばなかったもう一つの時間。デビュー作「最後の息子」の主人公のその後が、精緻な文章で綴られる連作短篇集。
よ-19-4

（　）内は解説者。品切の節はご容赦下さい。

よしもとばなな
デッドエンドの思い出
人の心の中にはどれだけの宝が眠っているのだろうか――。どんなにつらくても、時の流れとともにいきいきと輝いてくる思い出の数々、かけがえのない一瞬を鮮やかに描く珠玉の短篇集。

よ-20-2

よしもとばなな
チエちゃんと私
一人暮らしをしていた私の家に、七歳下の従妹チエちゃんがやって来た。少し変わった同居生活は、ずっと続くかに思われたが……。人生のほんとうの輝きを知るための静謐な物語。

よ-20-5

よしもとばなな
彼女について
魔女の血をひく由美子は、幼い頃に母によってかけられた呪いを解くため、「過去」を探す旅に出る。たどり着いた驚愕の結末とは。暗い時代に小さな灯りをともす、唯一無二の小説世界。

よ-20-6

吉村萬壱
クチュクチュバーン
ある日突然、世界の全てが変わる。蜘蛛女、シマウマ男に犬人間……地球規模で新たな進化が始まった？　奇想に次ぐ奇想で小説界を震撼させた芥川賞作家のデビュー作。（椹木野衣）
よ-25-1

吉村萬壱
ハリガネムシ
愛ではない、堕落でもない。「あの女」からもうひとつの世界を知った、それだけ。身の内に潜む〈悪〉を描き切った驚愕・衝撃の芥川賞受賞作。単行本未収録「岬行」併録。（中原昌也）
よ-25-2

渡辺淳一
光と影
西南戦争で共に腕を負傷した二人の軍人。片や腕を切断され、片や軍医の気まぐれで残される。運命の皮肉を描いた直木賞受賞作「光と影」をはじめ初期の傑作全四篇を収録。（小松伸六）
わ-1-26

渡辺淳一
雪舞
ヒューマニズムとは、愛とは、命の〝重み〟とは――植物状態となった幼い命を救うため現代医学の限界に挑む若き脳外科医と、身障児を持つ親の苦悩と魂の葛藤を描く。（水口義朗）
わ-1-28